« EXECUTION »

Pour Madeleine

voici mon dernier Polar

Amicalement

Pascal [illegible]

Pascal MARMET

« EXECUTION »

M+ ÉDITIONS
5, place Puvis de Chavannes
69006 Lyon
mpluseditions.fr

Composition Marc DUTEIL
ISBN 978-2-38211-048-5

AVANT-PROPOS

Le commandant Chanel existe. Bien évidemment, il ne s'appelle pas Chanel.

Je l'ai rencontré place Dauphine. Il dînait seul, à la terrasse du restaurant Chez Paul. Par le miracle du hasard, nous avons fait table commune pour rendre service au serveur qui souhaitait ajouter un couvert pour un groupe de touristes asiatiques.

En enfonçant son regard dans le mien, mon voisin malgré lui m'a demandé sans détour dans quel secteur d'activité j'œuvrais. À ma réponse, ses pupilles facétieuses se sont éclairées comme des lanternes. Le temps d'un face-à-face et d'un brouilly millésimé en garde à vue, une amitié était née.

Rencontrer un auteur l'amusait. Moi, j'espérais depuis longtemps entrer dans le polar de plain-pied. Ce fut un cadeau fortuit, un présent comme sait l'offrir dame Chance. Jusqu'à minuit passé, le crime et le bon vin furent notre affaire.

Sans façon et avec toute la gentillesse qui le caractérise, ce commandant atypique m'a ouvert les portes du quai des Orfèvres… à condition de taire son nom. Promesse tenue – il n'en attendait pas moins de moi : ses confidences resteront marquées du sceau du secret.

Une des clés de l'écrivain étant l'observation, j'ai photographié du bout des cils un monde à jamais disparu, puisque le célèbre « 36 » s'est installé depuis juillet 2017 aux Batignolles, au 36 rue du Bastion, dans un blockhaus de verre haut de cent soixante mètres, au bord du maussade périphérique nord. Seul le numéro a été conservé, en souvenir de ce lieu désormais mythique. Pour la bonne compréhension du récit, nous situerons donc l'action de ce roman en juin 2016.

Les quais de Seine, la Samaritaine, le Pont-Neuf, la place de parking Indigo numérotée 1059, la boutique des Vélos bleus, l'école Yabné, la place Mazas… Tous ces lieux sont bien réels. On pourrait presque y croiser le com

1.
Dérouiller

Quand Emma allait à confesse, elle inventait de petits péchés afin de rester là plus longtemps, à genoux dans l'ombre, les mains jointes, le visage à la grille sous le chuchotement du prêtre[1]. »

Drôle de temps pour un mois de juin. Un ciel de traîne active s'alanguissait sur Paris et rassemblait un paquet de cumulus qui hésitaient entre averse et vent froid. Une sirène accompagnée d'une lumière bleue tournoyant sur le capot d'une voiture de police déchira la quiétude du quai des Orfèvres. Les touristes ne semblaient guère s'inquiéter de ce raffut, ni de l'armada de CRS stationnés le long de cette cité administrative. Même les pigeons ne s'effrayaient plus.

En cette ancienne résidence des rois de France, la visite de la Sainte-Chapelle engendrait un exécrable arrangement forcé, contre-nature. D'un côté, on fouillait les gentils voyageurs venus du bout du monde et armés d'appareils photo ; de l'autre, on passait au crible ceux qui accédaient aux tribunaux. Curieusement, personne ne s'étonnait de cette incompatibilité et on s'insérait avec appréhension dans l'une des deux files d'attente du « musée-palais de justice ».

---

1. Toutes les citations en épigraphe de chapitre sont extraites de *Madame Bovary*, de Gustave Flaubert.

Dans la ligne des visiteurs qui enflait, un rigide conférencier se lança dans une tirade destinée à son groupe d'Alsaciens en virée parisienne :

– Les sacs, manteaux et objets métalliques seront contrôlés dans le sas de sécurité. Je vous demande de ne pas vous attarder afin de respecter l'horaire d'entrée. Pour patienter utilement, quelques mots et chiffres sur le Palais de justice : situé au cœur de Paris, le Palais de l'île de la Cité occupe plus de quatre hectares au sol et se développe dans les étages sur près de deux cent mille mètres carrés. À l'intérieur, on dénombre environ vingt-quatre kilomètres de couloirs, sept mille portes et plus de trois mille cent cinquante fenêtres. Quatre mille magistrats et fonctionnaires y travaillent régulièrement. Si l'on compte l'ensemble des juristes, avocats, policiers, gendarmes, justiciables, touristes et curieux qui s'y rendent, on atteint les quinze mille personnes par jour, dans des lieux très inadaptés à une telle foule.

Un grand-père facétieux au fort accent de Colmar lança, sous les rires du groupe de retraités :

– À droite, le passé prestigieux. À gauche, les prestigieuses emmerdes. C'est bien ça ? Au fait, pourquoi appelle-t-on les poulets… poulets ?

Hilarité générale de sa bande.

– Un peu de respect pour cette noble profession, je vous prie. Ici, l'outrage à agent en exercice peut coûter un rappel musclé à la loi. Toutefois, voici une question qui mérite réponse, reprit le guide. Les noms d'oiseaux et autres vaches attribués à nos amis policiers viennent de la présence d'un marché aux volailles et rôtisseries aux abords de la Cité au siècle dernier. Plus sérieusement, l'institution a été affublée du sobriquet de la Tour pointue » en raison de son clocheton, ou encore de « la Grande Maison », ou de « la Boîte », pour les gradés.

– Il y a aussi un vocabulaire spécifique à la Crim, osa une dame au regard timide.

– En effet, madame, relança l'orateur. Voici des exemples évocateurs de ce phrasé : *détroncher*, c'est reconnaître quelqu'un. *Gratter*, verbaliser, *serrer*, mettre derrière les barreaux. Et les « bœuf-carottes » de l'IGPN sont ainsi appelés en raison de leur tendance à cuisiner à petit feu les personnes qu'ils interrogent. Ah ! C'est bientôt à notre tour, je vous attends du côté du monde soupçonnable.

Un véhicule banalisé s'engagea soudainement sur la voie des bus. Une sirène éclata devant le tribunal de commerce. Ce que le conférencier ne dirait pas, c'est qu'entre ces murs chargés d'histoires et de sang, tout se mélangeait à nouveau. Un vrai casse-tête pour la surveillance. Mais la justice ne doit-elle pas demeurer un lieu ouvert à tous les regards ?

Pour les affaires strictement criminelles, une entrée séparée avait été préservée du grand public. C'est dans cette « maison » à problèmes que, depuis trente-huit ans, François Chanel gravissait chaque jour les cent quarante-huit marches au lino usé de la célèbre volée circulaire menant à la Crim. La première fois, c'était en 1978, il avait vingt-deux ans. Il effectuait un stage de six mois pour valider une maîtrise en psychologie, grâce à l'appui d'un ami de sa mère. Sa confrontation avec ces explorateurs du mal, ces incorruptibles increvables de la Crim, avait dévié sa trajectoire professionnelle vers cette atmosphère irrespirable, très loin de la psychanalyse de sofa.

À cette époque, on déconsidérait cette science humaine. Pour négocier avec un forcené, seul le préfet avait autorité. La mode des psys et autres profileurs ne s'infiltrerait au 36 qu'à partir des années 2000. La célèbre affaire « Human Bomb » de 1992, négociée avec brio par Nicolas Sarkozy, alors maire de Neuilly-sur-Seine, démontre le peu d'estime d'alors pour les psys, sur le terrain judiciaire.

Parce que ses pairs auraient souri, voire raillé cette attirance pour une science basée sur l'observation et le langage corporel, Chanel tut ses processus de raisonnement pour comprendre les tiraillements de ses congénères. De ses humanités, il ne retint qu'une évidence : l'être humain n'était que pulsions, désirs, domination et sexualité, au service de la survie de l'espèce. Voilà la véritable loi de l'inconscient qui commandait au P-DG comme au prolétaire.

Un jeune lieutenant grimpait les marches à vive allure. Sans le vouloir, il percuta Chanel d'un coup d'épaule et lâcha un bref « Désolé, mes respects, commandant ». Ici, les collègues se tutoyaient, à deux exceptions près : le divisionnaire et le taiseux M. Chanel ». C'était l'une des choses à savoir, comme le mot *dérouiller* signalant que les nouvelles affaires allaient d'office pour une semaine complète à l'une des douze équipes de la Crim.

Comme cette recrue, le grand François avait été fougueux, avide d'engager une journée dont il ignorait encore tout.

Le lundi 23 janvier 1978, il avait débarqué à la Brigade en costume-cravate. « Tiré à Quatre Épingles » fut son premier surnom. Se présenter avec des chaussures Weston et des chemises griffées était plutôt rare en ces lieux. Le bureau, niché sous les toits et doté d'un vasistas calamiteux placé à un mètre quatre-vingts du sol, ne l'effraya pas. Son mètre quatre-vingt-cinq se contenta de courber l'échine et de stationner là où sa stature pouvait se garer sans se cogner ni encombrer. C'était le deuxième jour de dérouillage de l'équipe où il avait été affecté, pile-poil sur l'enlèvement du riche héritier Édouard-Jean Empain, le fameux baron belge et P-DG des entreprises Empain-Schneider séquestré durant soixante-trois jours. La presse s'était déchaînée et la Une s'était éternisée sur ce kidnapping, jusqu'à la délivrance. Il connut une enquête tirée au cordeau avec des hommes impliqués corps et âme.

François filtrera ensuite les communications dans le splendide appartement du 33 avenue Foch et sera au cœur de la cellule de crise. Stress et adrénaline seront son quotidien. Il assistera aussi les enquêteurs sur l'attentat des magasins BHV. La victoire de Bernard Hinault au Tour de France, la disparition de Claude François le 11 mars et de Jacques Brel le 9 octobre seront les grands événements de cette année-là.

En six mois, il en apprit autant sur l'humanité et sur lui-même que dans ses livres théoriques devenus vides de sens. Sa maîtrise se transforma en méprise. À compter de cette expérience inédite, Chanel n'escompta plus ni une patientèle à détricoter ni des publications stériles sur des syndromes à classifier. Désormais, l'alcôve feutrée du praticien immobile le rebutait.

Entre les murs centenaires chargés d'histoires judiciaires et de sueurs froides de ce quatrième étage, il avait aimé se frotter à la folie des hommes et avait été servi bien au-delà de ses attentes. D'instinct, il avait su : sa place était ici.

À la fin de son stage, il abandonna ses vaines études universitaires et, sans l'ombre d'un doute, intégra le site de l'École nationale supérieure de la police à Cannes-Écluse. Son instructeur nota sur sa fiche d'évaluation :

> *Un calme, un élégant par nature, un travailleur acharné et apprécié de ses camarades. L'élève officier Chanel a atteint le grand chelem pour finir major de sa promotion. Élément aussi grand que solide. Son esprit d'analyse hors pair le mènera loin. »*

Bien entendu, François tenta la Criminelle du quai des Orfèvres au sortir de sa classe. Aucune réponse de la Brigade ne lui vint. Il fut nommé à Paris et incorpora, les dents serrées, le commissariat Saint-Lambert, où sa haute silhouette ne passa pas inaperçue. Très vite, il intégra les enquêtes délictuelles. Il présenta à nouveau sa candidature à la brigade criminelle et, sans le moindre appui, entra comme procédurier de droit commun en taisant son passé de psychologue. Constatations sur les scènes de crime, gestion des indices, contrôle procédural, ordonnancement de l'enquête, audition des suspects et des témoins. Après deux ans, il était chef de groupe adjoint, sept ans plus tard capitaine, puis commandant de police. Aucune autre promotion supplémentaire ne s'offrit à lui. Trop solitaire, trop discret, trop individualiste. Et pas assez de soutiens politiques.

Chanel considérait son pouvoir d'éveiller l'enthousiasme chez ses hommes comme son capital le plus précieux. C'est en encourageant qu'il révélait et développait les meilleurs dons dans une équipe. Pour lui, rien ne tuait davantage l'ambition que les critiques. Il se refusait aux réprimandes et stimulait en donnant un idéal à atteindre. Et s'il trouvait une chose bien faite, il louait sincèrement et prodiguait de vifs compliments.

Était-ce cela, avoir de la psychologie ? Peut-être, mais ses élans étaient sous contrôle. Durant sa carrière, il avait testé *in vivo* le champ de la morphopsychologie fondé en 1937 par le Dr Louis Corman. Et sans jamais partager ses remarques avec son entourage. L'impact corporel et verbal de cet officier aux yeux bleu-vert ralliait à sa cause, par un esprit d'ouverture et de mise en confiance. Au fil de ses nombreuses enquêtes, quatre profils types d'hommes et de femmes s'étaient dégagés. Avec ses points de repère empiriques, il identifiait les failles naturelles de l'humanité.

Oui, il savait reconnaître le mal et le bien à leur juste valeur.

2.
Vivaldi

Mais tu as donc tous les vices, petit malheureux ?...
Prends garde, tu es sur une pente !... »

Les pourvois en cassation s'amoncelaient sur le bureau de Me Nicolas Fender. D'une main habile, le juriste de renom fit pivoter dans le sens des aiguilles d'une montre le pied droit de ce meuble Boulle Napoléon III signé Sormani, dont il appréciait le placage de bois de violette. En même temps, il bloqua la clé du tiroir gauche de ce joyau du XIXe siècle. Un espace clandestin se dégagea sur le côté droit. À l'intérieur, un épais dossier bleu tapissait la trappe. Il y glissa un feuillet, puis referma délicatement sa chambre des secrets.

Comme pour conjurer l'arthrite qui rongeait ses os, il se massa les doigts, paupières closes. Les cris de joie d'une fillette l'arrachèrent à ses douleurs. Par la fenêtre, il observa l'enfant sauter à la corde sur la place Dauphine. À chaque enjambée de l'innocente aux boucles d'or, les ballerines de princesse se tendaient dans un divin mouvement. Les chevilles parfaites de la demoiselle illuminèrent son visage marqué durement par le libertinage. Soudain, la voûte plantaire de Cendrillon lui envoya une étourdissante bouffée de chaleur. Il vacilla sur ses jambes lourdes et attrapa un coin de la commode pour ne pas s'effondrer. À nouveau, il baissa ses paupières. En relâchant un souffle court, il renoua péniblement avec la réalité. La crise pulsionnelle s'éloigna.

En libérant sa montre à gousset en or de son gilet, il se ressaisit avec peine. Il était temps de se mettre en route. Depuis trente-neuf ans, trois fois par semaine, il traversait la galerie marchande après avoir tourné en rond deux fois dans la salle des pas perdus. « Salle du temps perdu serait plus approprié pour qualifier ce vestibule de l'ennui », se disait-il à mi-voix. Il affirmait que cet indispensable circuit lui permettait de respirer le bon air du Palais de justice, cette ville dans la ville aux kilomètres de souterrains rongés par l'insalubrité.

Tout dans sa démarche traînante, jusqu'à sa façon si particulière d'épousseter sa robe du bout des doigts pour ébaucher un début de révérence, marquait en lui le rituel, la routine, l'usage. À heures inflexibles, ce fervent admirateur de Gustave Flaubert gravissait les marches du grand escalier des assises et s'orientait invariablement vers le vestiaire des avocats. Il y abandonnait avec satisfaction sa tenue civile pour se couvrir d'une robe sur laquelle le ruban de chevalier de la Légion d'honneur avait été discrètement brodé.

Son amour du grand écrivain français l'avait poussé à adopter une large moustache tombante, des cheveux au carré sur la nuque et le nœud papillon. Comme l'auteur du scandaleux *Madame Bovary*, il encensait la volupté mêlée aux choses sacrées. Se donnant l'air littéraire, il s'exprimait à grand renfort d'effets de manche et redoublait d'emphase dans des plaidoiries condescendantes. Certains collègues le surnommaient

L'Irruption d'Adverbes » pour sa fâcheuse tendance à abuser de ce recours ; chacune de ses phrases s'accompagnait d'un « éternellement », d'un « indubitablement » et autres gâteries toniques en « ment ». Ce procédé irritait ou amusait. Pour lui, il avait valeur de carte de visite.

En matière d'art, son œil allait vers les artistes dits « pompiers » du XIXe siècle. D'ailleurs, à sa demande, un copiste professionnel avait reproduit une toile de Jean-Jacques Scherrer, la fameuse scène où Jeanne d'Arc, victorieuse des Anglais, rentre à Orléans et est acclamée par la population.

Cet homme amoureux des systèmes académiques nourrissait son travail d'orfèvre d'un amour frénétique. L'intonation d'une plaidoirie, la recherche de la documentation juridique, la construction de l'interprétation, le choix des mots-clés et le polissage de la forme étaient autant d'étapes laborieuses sans cesse remises en question pour juger le droit sans les faits.

Au moment de quitter le vestiaire, ce « romantique » du barreau compléta son allure en glissant sous son bras une rutilante serviette de cuir noir. Pourvu de ses attributs professionnels, il commença à saluer ses confrères avec emphase estimant qu'enfin il pouvait entrer dans les splendeurs de la vie judiciaire.

Être un avocat célèbre avait été sa grande ambition, l'unique objectif et la seule lumière recevable. À force de flagornerie de tout poil et de mots de miel, il avait forcé les marches de sa gloire, lui, le fils d'une femme de chambre et d'un cheminot. Défenseur du mal commis, voilà le métier qui lui avait offert fortune et honneur, comme l'aurait dit son fils aîné.

De vue, il connaissait les robes du Palais depuis les illustres présidents de cour jusqu'aux plus modestes greffiers, en passant par l'armée des procureurs et des substituts, des juges de tout degré, des ténors, sans oublier l'avocat général, les ex-avoués, les gendarmes et les policiers. Enfin, aux onze religieuses qui réceptionnaient les détenues en instance de procès, il prodiguait de fins chocolats à l'an nouveau. Du dépôt à la souricière des femmes et dans tous les endroits où circulaient les prisonniers avant d'être présentés devant un juge, Fender avait ses entrées. Dans ces procédures inquisitoriales à la française, tous les uniformes se croisaient aimablement dans ces chambres surchauffées aux couloirs aussi poussiéreux qu'interminables.

Le téléphone sonna. Le service du parking Indigo lui demandait si le gardien devait nettoyer sa voiture. Il répondit positivement à cette voix féminine et confirma qu'il partirait à 19 h 30 précises. En pensée, il surnommait le vigile africain qui astiquait méticuleusement la carrosserie de ses berlines depuis plus de vingt ans « sale métèque ». D'ailleurs, toutes les peaux un peu bronzées avaient droit à ses muettes pensées racistes.

Dans un geste ridicule, le juriste étira sa moustache, rentra son ventre. Il ajusta ses lunettes cerclées d'or tout en se dirigeant vers la Cour de cassation, le sanctuaire de la fine fleur du palais.

Tout en lui faisant au passage un signe amical, il préféra ne pas s'arrêter et éviter un confrère hostile qui ne se retint pas de lui rendre son geste. Ici, la politesse était de rigueur, comme les coups bas. Le quotidien du Palais n'était-il pas justice et malheurs du monde, du sous-sol au plafond ? Dans cet univers opaque, il y avait les expéditives comparutions immédiates à la chaîne, des avocats commis d'office exténués, des juges submergés, des flics découragés et épuisés de notifier des droits. Pour parachever ce noir tableau, la lourdeur administrative était un puits sans fin. Si Fender avait dû résumer sa propre personnalité, il aurait proposé que la vérité soit plus facile à détecter que le mensonge.

Un huissier l'interpella dans la galerie, avec un Post-it à lui remettre.

– Maître, un certain M. Jean-Michel Nickler vous quémande. Une affaire pressante, dit-il.

Nickler, seul intermédiaire autorisé par les laboratoires Movarlis à s'exprimer en leur nom. Cet homme bien policé dans son phrasé, et dont il ne connaissait pas le visage, était providentiel. D'un mouvement de chef d'orchestre, il caressa son précieux iPhone et appuya sur « Contact ».

– Comment allez-vous ?

– Très bien, maître. Et vos rhumatismes ?

– Hélas, « incongédiables », « incondamnables », abominables, incontestablement. Devrai-je assumer la perpétuité incompressible de mes os coupables de vieillesse jusqu'à mon dernier remords ? Je le crains, indubitablement. Tiens ! Votre appel tombe à point nommé. La Cour de cassation a confirmé hier l'annulation de l'arbitrage qui a octroyé trois cents millions d'euros sur la vente du brevet litigieux à votre consortium. Un déni de justice, assurément. Croyez que je m'inscrirai en faux sans faiblir, évidemment.

– C'est regrettable ! Nous subissons ce coup dur avec amertume. À dire vrai, nous pensions qu'avec vos relations, nous aurions abouti à des attendus plus propices à nos attentes.

– La Cour a estimé formellement que la décision antérieure en votre faveur était entachée de fraude, au motif que des liens étroits et répétés existaient entre le laboratoire et la commission. Précisément, je n'ai pas dit mon dernier mot et avec l'accord du directoire, nous déposerons un second pourvoi en cassation contre l'arrêt rendu qui vous condamne à rembourser la somme sans tarder. La haute juridiction l'examinera, je m'en fais fort, absolument.

– Croyez que nous saurons vous remercier pour vos stratégies ?

– Incontestablement, c'est l'entreprise pharmaceutique suisse qui est personnellement visée, mais je peux toutefois m'égarer dans mes pressentiments. En temps voulu, nous en reparlerons clairement, si vous le voulez bien, évidemment.

– Nous apprécions vos mises en garde, mais je crains que cette tendance à brandir l'épouvantail du mal ne vous quitte jamais. Puisqu'une réponse rapide du directoire s'impose, puis-je vous rappeler ce soir ?

– Véritablement, je suis accablé de fatigue. Je compte bien partir au plus tard vers 19 h 30. Disons demain, 15 heures. Acceptez mes plates excuses pour ce bien légitime renvoi horaire. J'attends donc une décision de contre-attaque pour réagir sans faute et dans un très court délai, afin de former une offensive au mieux de vos intérêts, nécessairement.

– Puis-je supposer que vos honoraires sauront un jour se restreindre, maître, parce que nous ne pourrons vous suivre longtemps à ce rythme débridé.

– Cher ami, si nous gagnons, inévitablement, cette affaire de brevets, ma modeste rétribution vous semblera aussi dispendieuse qu'un ticket de métro. Naturellement, j'espère bien vous rencontrer un jour.

– Pourquoi pas ?

– Le plaisir sera forcément partagé, cher ami. Tiens ! Il m'a été rapporté que vos cheveux étaient roux comme le feu.

– Vous êtes bien informé. Comme mon grand-père, mon père et mon fils, nous portons cette couleur avec fierté et panache. Bref ! Ménagez-vous, nous avons grandement à agir. De mon côté, on m'a laissé entendre que le sexe dit faible était l'une de vos passions. Cela nous fera une belle matière à discussion. À bientôt, cher maître.

3.
Charogne

« Lorsqu'il s'aperçut que Charles avait les pommettes rouges près de sa fille [Emma], ce qui signifiait qu'un de ces jours on la lui demanderait en mariage, il rumina d'avance toute l'affaire. »

Me Fender nota ce rendez-vous sur son agenda électronique. Il s'activa en méditant sur la délicieuse voûte plantaire de la fillette sous sa fenêtre. Une bouffée de folie lui bloqua le larynx jusqu'à empêcher sa respiration. Ce pied l'obsédait jusqu'à lui brouiller les neurones.

La réalité le rattrapa lorsqu'il aperçut un confrère lui tourner le dos. D'après lui, tous étaient jaloux de son habileté, de dimension internationale, voire de sa connivence avec un puissant laboratoire. Ce « cher ami » lui avait échappé. « Cher pigeon » aurait été plus approprié, puisqu'il entretenait « avec intérêt » les procédures de cette holding pleine aux as. Le ministère public ne s'en plaignait pas, usant de méthodes similaires pour ponctionner l'adversaire de plus belle.

Son Smartphone vibra. Une nouvelle affaire lui était suggérée par le bâtonnier. Un teigneux multipropriétaire d'enseignes avait épuisé son stock de recours et s'entêtait à conduire ses griefs dans un pourvoi, à coups de milliers d'euros. L'obstination, comme le malheur, ne faisait-elle pas la fortune des bons avocats prompts à suivre les friandises judiciaires ?

– Merci de votre sollicitude, monsieur le bâtonnier. Évidemment, je passerai tantôt saisir les documents. Comment se nomme le boutiquier ? (…) Ah ! parfaitement, admirablement. Tout vient à point, nommément !

Les honoraires ruineux et les délais nébuleux lui semblèrent réjouissants.

Ses missions au Conseil d'État agissaient sur lui comme une drogue dure. À chaque dossier, il peaufinait à l'extrême ses conclusions, affûtait ses exposés comme un ébéniste amoureux d'une cathédrale, et tendait ses forces au moyen de points de droit ultimes, illustrant ainsi la raison pour laquelle un magistrat en dernier ressort arbitre selon une procédure irrégulière ou une application erronée des textes. Du charabia pour le commun des mortels. Des gourmandises pour ce maître hors pair qui, après son doctorat, avait intégré l'École nationale d'administration pour finir deuxième de la promotion André-Malraux. C'était un bosseur, un solitaire, le parfait homme de confiance qui s'enrichit à la barbe de tous. Avec un plaisir infini, il circulait dans les méandres des audiences et cassait des décisions irréfutables à coups de taux horaires exorbitants, tout en se frottant avec délice aux ors de la République. Dans cette cour limitée à soixante confrères nantis, il excellait avec ferveur. Rien ne dévoyait sa mission. Enfin, presque.

Jamais il n'avait oublié sa rencontre avec un homme devenu influent, qui lui avait offert une fabuleuse clientèle et une amitié sincère. Depuis, il vivait dans l'opulence des grands seigneurs et plaidait sans complexes aussi bien l'acquittement d'un ancien ministre de la République qu'une simple réparation par un magnat de la presse.

Une jeune femme aux formes engageantes passa sous ses yeux de collectionneur. À l'heure où la prostate faillit, l'âge de la rose en train d'éclore l'attirait de plus belle. Sa dernière secrétaire n'avait pas été tendre avec ses mains baladeuses. Pour éviter les tourments prud'homaux, il avait cédé aux sommations pour se libérer d'un scandale.

Pour résumer son inclination pour la gent féminine, il changeait de secrétaire tous les six mois et agissait comme un incontrôlable prédateur sexuel. Chaque fois qu'une Lolita débarquait avec son CV et sa jeunesse en bandoulière, son sang de solitaire contrarié ne faisait qu'un tour. Le même scénario foireux se répétait. Puis il se promettait, sans le tenir, de ne plus plonger dans le piège de la séduction sans consentement mutuel. La dernière en date avait quarante ans de moins que lui et, malgré ses promesses à lui-même, il soupirait devant les courbes affolantes de cette beauté.

Comme tous les soirs, il descendait dans le parking de la cassation, où l'on diffusait du Vivaldi en boucle. Il s'installa dans sa confortable berline bleu nuit à l'emblème du félin bondissant, puis fonça vers Milly-la-Forêt où il possédait un manoir avec jardinier et employés de maison très attachés à sa grandeur. Il sélectionna, dans la playlist de son lecteur de CD, le quintet des Punch Brothers, et leur reprise du *Passepied* de Claude Debussy occupa l'habitacle. Le majeur dressé, il mima une envolée de chef d'orchestre.

Alors qu'il ajustait sa ceinture de sécurité, une puissante main gantée s'écrasa sur sa bouche et un aiguillon s'enfonça dans sa carotide. Fender sombra, les doigts crispés sur le volant. Son agresseur enfonça sa casquette sur ses sourcils pour dissimuler son visage aux caméras, poussa sans ménagement le corps anesthésié vers la place du passager, s'installa côté conducteur, sortit un fin stylo. Sur l'ordinateur de bord tactile, il effaça l'accès à la géolocalisation et aux données mobiles.

Il actionna la marche arrière, puis suivit le fléchage vers la sortie tout en dissimulant son visage de sa main. La Jaguar stoppa devant l'entrée du 36 quai des Orfèvres. La circulation était à l'arrêt total. Au feu délibérément bloqué au rouge, un agent avait paralysé le flux afin de laisser passer une horde de piétons végétaliens qui brandissaient panneaux et slogans contre la barbarie envers les animaux.

L'inconnu à la visière délesta sa victime de son iPhone et retira son gant droit. L'écran tactile réclamait un mot de passe. Il éteignit le téléphone, retira une aiguille plantée sur le revers de son veston et entreprit de libérer la carte SIM. L'aiguillon se cassa dans le minuscule trou. Les narines du kidnappeur se dilatèrent et du sang afflua à ses tempes. D'un geste brusque, il ouvrit la portière et fit calmement le tour du véhicule en baissant la tête. Il envoya avec force le Smartphone dans la Seine.

Au même instant, un scooter le frôla, ce qui l'empêcha de suivre la trajectoire de la tablette noire. Au loin, l'agent libéra enfin la circulation.

L'individu s'engagea vers le Petit-Pont, puis vers le boulevard Saint-Germain. Il régla le GPS sur Lognes-Émerainville, à vingt-huit kilomètres de Paris.

Au milieu d'une forêt, le kidnappeur arrêta la voiture, déploya son mètre quatre-vingt-neuf, tendit sa musculature de taureau, et transporta le juriste de renom sur son épaule jusqu'à une cave humide, comme s'il s'agissait d'un simple colis. Il sangla le corps endormi sur un fauteuil, scotcha ses yeux et ses lèvres. Sur le visage de son prisonnier, il orienta une intense lumière.

Me Fender tenta d'ouvrir un œil. Un adhésif lui barrait la vue. Aussitôt, il fut aux aguets, tremblant de froid, souffrant et suant d'une inextricable angoisse. Il tendit toutes ses facultés engourdies pour analyser la situation. Il ne savait pas encore ce qu'on voulait de lui, mais il devinait, du fond de sa peur, qu'on lui extorquerait un renseignement très précis. Il réalisa que sa science de grand orateur et sa force de conviction seraient mises à contribution pour sortir de ce guet-apens.

Il se racla la gorge. D'une voix faussement paisible, il demanda :

– Véritablement, que me voulez-vous ?

Une voix métallique et déformée par un micro rétorqua lentement :

– Ta souffrance, charogne.

4.
Le visiteur du soir

« Charles fut surpris de la blancheur de ses ongles. Ils étaient brillants, fins du bout, plus nettoyés que les ivoires de Dieppe, et taillés en amande. Sa main pourtant n'était pas belle, point assez pâle, peut-être, et un peu sèche aux phalanges […]. Ce qu'elle avait de beau, c'étaient les yeux […]. »

Avec les années, François Chanel ne remarquait plus le disgracieux lieu de travail de la prestigieuse institution, ni les fils électriques qui serpentaient sur les murs comme des rhizomes incontrôlables, pas plus que les casiers de métal rongés par la rouille et alignés dans les boyaux gris, pour cause de manque de place. Seul avantage : cette consternante désolation convenait parfaitement aux confessions criminelles.

Un lieutenant de la Crim salua le flic le plus élégant de la police judiciaire et lui annonça qu'un « drôle de zèbre » l'attendait dans le couloir, avec une lettre de recommandation du Pr Legendre. François haussa les sourcils qui, à force d'être haussés, avaient durablement strié son front. Avec le temps, malgré des repas avalés à la va-vite, il avait conservé une silhouette acceptable. Mais sa bedaine commençait à poindre et son impeccable tignasse lissée sur son crâne virait au gris. Pourtant, ses costumes et ses chemises « à la Chanel » restaient distingués, et remarqués par les collègues.

Tout lui convenait dans cette profession de flic. Tout, sauf la prise de parole en public qu'il fuyait comme la peste. C'est aussi pour cela qu'il n'avait jamais été pressenti comme commissaire.

À la première marche, il sentit sa sciatique se rappeler à son mauvais souvenir. À la deuxième, une épine s'enfonça dans ses reins. Sa jambe droite se tordit de douleur. Sa main s'appuya sur le mur. À petits pas discrets, il atteignit son bureau les tempes en sueur.

Son premier geste fut de libérer deux cachets de Tramadol et de les avaler avec un fond d'eau. *Six heures de tranquillité garantie d'ici dix minutes*, se dit-il en contractant ses muscles. Face à lui, assis sur une chaise volontairement bancale, un jeune homme vêtu de noir, d'environ trente ans, attendait la tête baissée et les yeux en embuscade. Son visiteur nota son menton fuyant. François s'étonna de ce visage aux traits mêlés d'enfance, de naïveté et de désespoir. La bouche charnue de ce garçon au col de blouson ultra-élimé esquissa un sourire timide. Deux fossettes creusèrent ses joues éclaboussées de taches de rousseur. Dans ce visage se reflétaient la délicatesse, l'obscurité et l'innocence. Le commandant Chanel poursuivit son observation silencieuse de morphopsychologue aguerri : visage « frontal-atone-rétracté-concentré », avec des récepteurs sensoriels mous et tombants, typiques des personnalités de type « contrôleur ». Absence d'odeur de tabac ou d'alcool. Toutefois, un raz-de-marée de tourments flottait dans ce regard de miel, fixe et incommodant, qui révélait une myopie non corrigée. L'étrange garçon aux longs cils se redressa maladroitement. Du haut de son mètre soixante-deux, il hissa les yeux pour les faire entrer dans ceux de Chanel.

François décrocha son téléphone et demanda qu'on lui apporte deux cafés et deux sandwiches jambon-cornichons, histoire de remplir les joues creuses de son invité surprise. Le jeune homme lui tendit une lettre fermée puis, à nouveau, piqua du nez vers ses chaussures. L'en-tête appartenait au célèbre et volubile Pr Marc Legendre, un psychiatre expert auprès des tribunaux, qu'il avait sollicité dans sept affaires criminelles. Ce clinicien proche de la retraite était fort d'une pratique au long cours.

Lorsqu'il parlait de catégories de personnalité, il donnait à croire que l'on pouvait augurer du chemin d'un sujet psychotique. Entre deux lectures de mémoires d'expertise, ils avaient sympathisé et partageaient régulièrement leurs points de vue sur diverses enquêtes en cours autour d'un dîner mémorable.

François éventra la lettre avec un coupe-papier et lut en remuant à peine les lèvres :

« Commandant, cher confrère, cher François,

De son plein gré, ce patient s'est présenté à maintes reprises à ma consultation à l'hôpital Sainte-Anne. Il semblerait que des visions incontrôlables viennent à lui depuis qu'il a été foudroyé dans une cabine téléphonique.

Le sujet présente des lésions du cortex visuel et, en proximité, une activation anormalement élevée du pariétal de l'hémisphère gauche. Il est apparu à l'IRM que d'étranges et inédites connexions nerveuses se formaient dans ses circuits neuronaux, faisant "jaillir" de nouvelles capacités. Hélas, la science actuelle s'arrêtera à ces constatations.

La justesse de ses "analyses clairvoyantes" et son sens de l'observation sont remarquables. Je vous laisse juge de ses dires.

S'agit-il du fameux "syndrome du savant acquis", cette fameuse synesthésie qui ne rassemble qu'une trentaine de "génies accidentels" dans le monde à ce jour ?

J'ai pensé que vous pourriez aider ce patient à utiliser ses talents extra-ordinaires au sein de vos services. Je vous suggère de lui montrer l'inexplicable dossier "Fragol" que vous m'avez soumis il y a six mois. Toutefois, je vous mets en garde au sujet de son épilepsie récurrente, de son hypersensibilité et de ses céphalées inexplicables. Je vous invite à créer un climat stable autour de ce jeune homme, en le protégeant du monde extérieur.

J'oubliais… Une forte perte de mémoire et l'impossibilité de se souvenir de son identité sont les conséquences de son accident. Plonger dans un passé qu'il redécouvre en mosaïque constitue une souffrance à éviter.

Je vous laisse seul juge de ce patient, que je remets entre vos mains.

Votre bien dévoué,

Pr Marc Legendre.

P-S : Survenue deux jours avant cette foudre criminelle, la disparition d'une amie semble avoir détérioré son aptitude à la bienveillance. Ne pas évoquer ce sujet avec lui, mais lui redonner confiance pour le replacer sur le bon chemin. »

5.
Rue Baillet

« [Charles Bovary] ne pouvait se retenir de toucher continuellement à son peigne, à ses bagues, à son fichu ; quelquefois, il lui donnait sur les joues de gros baisers à pleine bouche [...]. »

François plia la lettre. Il regarda son interlocuteur avec ce tic qui relevait ses deux sourcils et ridait durablement son front. À vrai dire, s'il ne s'était pas agi d'une recommandation de ce professeur irréprochable, il aurait éclaté de rire, voire aurait cru à une plaisanterie digne d'un poisson d'avril. Hélas, nous étions en juin et ce médecin aussi bavard qu'émérite n'avait aucun penchant pour les canulars.

Chanel ouvrit son tiroir. Il en sortit un dossier rouge qui ne contenait aucun début de piste et sur lequel son équipe s'était cassé les dents des mois durant. À part la possible intrusion d'un assassin de passage, rien ne permettait de poser un soupçon crédible sur l'entourage de la victime.

– Que pourriez-vous me dire sur l'affaire Fragol ? sollicita le commandant en remettant à son visiteur un paquet de feuillets.

L'homme tendit la main et saisit la pochette cartonnée avec un sourire béat. Chanel suspecta que les globes oculaires écartés du jeune homme étaient le fait d'un léger hypertélorisme orbital, une sorte d'élargissement anormal de la distance entre les orbites et la racine du nez. L'étrange visiteur battait des cils à chaque page, comme s'il photographiait des pièces à conviction. Sur la pointe des orteils et en serrant les dents, le commandant se redressa pour effectuer quelques pas sous la verrière, comme lui avait suggéré, en cas de crise, son ostéopathe. Pour remettre sa colonne droite, il s'accosta à la rambarde et supplia que l'antalgique fasse effet sans tarder. À la Crim, on parlait volontiers de meurtre au premier degré, mais évoquer une banale impotence restait tabou.

Un collègue le salua et lui fit remarquer qu'il avait une mine blafarde. Il acquiesça en souriant et réussit à revenir à son bureau sans hurler de douleur. Le jeune homme défendit l'impossible d'une voix inquiète et murmurée :

– Voici mes conclusions : nul ne doit se faire vengeance lui-même. Pourtant, les deux cousins nommés Fragol ont châtié leur grand-père pédophile, à juste titre, coupable de viols et d'incestes à répétition sur des enfants. Les deux complices étaient déterminés et sont passés par la fenêtre. À coups de barre à mine, ils ont massacré les bras et jambes du grand-père. Puis les onze membres de cette famille se sont succédé pour frapper l'aïeul. Un épouvantable châtiment collectif, mûri de longue date.

Le garçon fixait le commandant avec, dans ses traits, des traces de supplices et d'effrois, comme s'il avait participé à la scène du lynchage du patriarche lubrique. D'une voix absente, il ajouta :

– Pour votre dos, monsieur, je vous suggère un étirement quotidien de la colonne vertébrale et la perte de sept kilos. La prise d'antidouleurs n'est pas la solution, et à moyen terme, vous ne subirez que les effets indésirables de ces substances, à ne consommer qu'avec la plus grande prudence.

François haussa les épaules, attrapa le dossier et le parcourut. Photos à l'appui, cette même famille confirmait sa présence lors d'une fête donnée en l'honneur d'une tante invalide. Alors qu'il ne connaissait rien de cette affaire deux minutes avant, comment cet inconnu surgi de nulle part avait-il pu accuser les deux complices mineurs à l'alibi en béton ?

– Comment avez-vous su, pour mon dos ?

– Votre démarche vous trahit et vos lèvres ont murmuré le nom du médicament que vous avez avalé devant moi. Pour la perte de poids, c'est une simple évidence, que les gourmands se refusent à accepter.

Lehr entra dans le bureau avec son collègue, le lieutenant Brobeck, et déposa deux sandwiches et les cafés en examinant de la tête aux pieds le drôle de client du patron. Le commandant Chanel sortit sur le palier avec le dossier rouge. Il interpella le capitaine Devaux et son second, l'officier Dos Bastos, à l'autre bout du couloir. Il leur demanda d'aller cueillir les Fragol pour une mise en examen.

– Puisqu'ils ont entre seize et dix-huit ans et que nous les soupçonnons d'avoir agi en bande organisée, les parents ne seront informés qu'après les vingt-quatre heures requises. Si vous avez un doute, prenez l'attache du chef procédurier. Et ne me regardez pas comme ça : oui, nous avons un témoin oculaire et toute la famille est coupable d'avoir porté le coup fatal en file indienne pour assouvir sa vengeance.

François lui raconta l'incroyable mise en scène sans rien omettre, et conclut :

– On se croirait dans *Le Crime de l'Orient-Express*, le célèbre roman d'Agatha Christie.

– Vous êtes sûr de votre témoin à charge ? Parce que le coup du polar *british*, c'est juste bon pour les séries criminelles à deux balles qu'on nous sert à la téloche.

– Vous devriez lire cette romancière. Pour l'instant, pas un mot sur cette affaire et vous me cuisinez les deux mômes en leur expliquant qu'on les a vus passer par la fenêtre avec leur cortège macabre armé jusqu'aux dents. Je veux des aveux vidéo dans la journée. À vous de jouer, les gars.

Chanel resta pensif deux longues minutes. Son visiteur avait bu les deux cafés et englouti les deux sandwiches jusqu'à la dernière miette. Le flic lui réclama une pièce d'identité.

– Après mon accident, les pompiers n'ont pas retrouvé mon sac. J'avais juste une guitare avec des cordes brûlées. Je crois que je m'appelle Alain. Mon nom de famille m'échappe encore. Une certitude toutefois : je suis sans domicile fixe, mes proches se sont effacés de ma mémoire, j'erre d'hôpital en hôpital depuis ce coup de foudre qui m'est tombé dessus. Monsieur, je n'existe plus légalement et je suis inquiet pour mon futur immédiat. À part suivre les recommandations d'un médecin, je ne sais pas ce que je fais ici.

Chanel en conclut que le laisser filer équivalait à le perdre. Lui demander où le joindre en poste restante avait autant de sens que de croire au père Noël. À l'encontre de tout principe de précaution, Chanel décida de lui offrir l'hospitalité et invita son hôte à le suivre chez lui. Alain hésita, se figea, puis déclina avec une moue enfantine. Le commandant lui proposa une guitare en bon état et le jeune homme le suivit comme un enfant à qui on a promis un paquet de fraises Tagada.

L'un derrière l'autre, ils longèrent le quai des Orfèvres, traversèrent la place Dauphine jusqu'à la statue d'Henri IV. D'un côté, un garçon mal fagoté, à la démarche élastique et aux réactions instantanées. De l'autre, un élégant presque sexagénaire aux pas ralentis. Deux modèles que tout opposait. Le duo bifurqua vers la rive droite en empruntant le Pont-Neuf. Au fil des ans, le plus vieux pont de Paris se transformait en cour des Miracles. Chaque pile en forme de terrasse abritait depuis peu des caricaturistes et une quinzaine de revendeurs de cadenas d'amour à la sauvette. Des touk-touks bulgares y faisaient station permanente et des mendiants avec chiots drogués au shit pour ne pas trop remuer prenaient leurs aises aux quatre saisons. Chaque jour, deux agents en roller vidaient les lieux avec menace de saisir le matériel. Chaque jour, la horde de migrants revenait avec ses codes et sa guerre de bout de trottoir.

Un couple italien s'attarda sur la rambarde. Nadia l'Algérienne, seule femme dans cette combine d'attrape-couillons, remua ses trois cadenas à cinq euros pièce en souriant. L'homme lui en proposa trois euros. Elle accepta.

L'eldorado du pigeon roucoulant sur le pavé du pont avait aussi rassemblé les bonneteurs, des spécialistes des cartes assistés de complices appelés *barons* et chargés de rabattre le naïf. Malgré l'interdiction de pratiquer cette arnaque aux trois cartes sur la voie publique, les maîtres du jeu sévissaient et encaissaient de fortes sommes en espèces, comme avec ce Saoudien plumé de quatre cents euros en dix minutes. Si par mégarde le badaud s'en sortait avec la mise, il était salement agressé au coin d'une rue par des larrons complices. Cette ancienne arnaque, dite du bonneteau, avait entraîné le renforcement des rondes de police. Comme sur le pont des Arts, la ville de Paris y remplacerait sous peu les grilles des rambardes de la place Henri-IV par du verre.

Le téléphone de Chanel vibra. Une mutuelle l'informait de nouvelles directives concernant l'assurance-vie. Il raccrocha sans un mot. Pendant ce temps, cinq Roms adolescentes avaient pris d'assaut Alain pour le forcer à signer une pétition contre les crimes syriens. Alors qu'il commençait à signer, une jeune fille lui réclama un don pendant qu'une autre lui glissait la main dans la poche. Chanel frappa la main de la voleuse et attrapa le naïf par le bras. Sous les invectives des filles à peine pubères, ils traversèrent le passage piéton.

– Un vrai coupe-gorge, ce pont ! lâcha Chanel.

En face, l'ex-magasin de la Samaritaine semblait captif d'un étau de béton pour cause de travaux titanesques. Une immense grue à la flèche impressionnante se hissait au-dessus de l'église Saint-Germain-l'Auxerrois et un tunnel d'acier avait été improvisé sur le trottoir. Des équipes d'hommes casqués et portant des gilets de sécurité régnaient sur la minuscule rue de l'Arbre-Sec limitée à la circulation des piétons. Sans un mot, ils longèrent ce bâtiment fermé pour réhabilitation depuis quinze ans.

Tout à côté, les rares habitants de l'étroite rue Baillet, coincée entre l'ancienne Samaritaine et un terrain vague, souffraient des travaux pharaoniques réalisés depuis un an. C'est là que résidait François Chanel depuis toujours. Curieusement, aucune plainte n'avait été déposée pour nuisance sonore. Comme si on attendait que cette prestigieuse restauration accorde une belle plus-value à ce quartier, à deux pas des Halles et d'une école primaire.

Dans cette poussière de béton au bruit infernal de machineries et marteaux-piqueurs, vivre en ces lieux en journée constituait une épouvantable punition. En revanche, à la nuit tombée, la rue se couvrait d'un silence d'outre-tombe.

6.
Indigo

> *« Le cœur d'Emma lui battit un peu lorsque, son cavalier la tenant par le bout des doigts, elle vint se mettre en ligne et attendit le coup d'archet pour partir. »*

Chanel ouvrit la porte de son immeuble frappé d'un arrêté de péril imminent. D'un geste de la main, il salua au loin Malik, le patron du café, seul rescapé de cette rue fantôme aux trois immeubles maintenus par des poutres métalliques.

De sa mère, Chanel avait reçu en héritage cet ancien meublé au mois. Entourées de locataires de passage, ses jeunes années s'étaient déroulées ici, entre le quai de Seine et les Halles. L'été, sa mère l'emmenait dans son Aubusson natal, au pied du Massif central. Elle avait conservé le domaine familial, en ruine certes, mais au cœur d'une bâtisse séculaire classée, avec dépendances, et édifiée il y avait deux cents ans. Pour régler les droits de succession de cet hôtel en sursis, François avait vendu le pays de son enfance à des Anglais désireux de réhabiliter la superbe des lieux, en vue d'y aménager des chambres d'hôtes de prestige.

Lorsque sa mère était décédée, sa joie l'avait quitté.

Depuis ce soudain départ, l'un des derniers hôtels parisiens abordables s'était dégradé à vue d'œil. Les derniers occupants avaient fui en courant ce taudis pour cause d'humidité étourdissante sur une façade délabrée. Depuis l'arrêté d'insalubrité irrémédiable, il n'avait pu reprendre l'activité de cette affaire de famille, parce que les piliers de la bâtisse étaient durablement endommagés et que les travaux de réhabilitation restaient hors de sa portée. Son assureur l'avait abandonné, parce que le mur de façade pouvait s'écrouler à tout moment.

Cet hôtel très particulier à un demi-pont de la brigade criminelle serait peut-être détruit. Cette nouvelle croix sur son enfance torturait Chanel. Malgré l'interdiction d'y loger pour des raisons évidentes de sécurité, il occupait le rez-de-chaussée de ce lieu sans avenir. Son hôte entra dans l'immeuble aux murs pas très droits et se figea dans l'entrée. Le flic anticipa :

– C'est en mauvais état, je sais. C'est tout ce qui me reste de ma mère et vous y êtes le bienvenu. Prenez une chambre au deuxième étage. La salle de bains est la seule encore en bon état. Je vous laisse une clé, de l'argent sur le guéridon pour remplir le frigo, vous achèterez le nécessaire pour prendre vos marques. Savez-vous cuisiner ?

Alain secoua positivement la tête. Il semblait vouloir lui poser une question brûlante, sans y parvenir. François prit les devants et disparut quelques instants dans ses appartements pour en revenir avec une sacoche en forme de guitare.

– Il y a un jeu de cordes neuves à l'intérieur et un diapason électronique. Elle est à vous et vous pouvez rester ici aussi longtemps que vous le souhaitez. Du moins, jusqu'à ce qu'une obscure commission sanitaire en décide autrement. Au fait, les visites extérieures ne sont pas autorisées, sauf demande préalable de votre part.

Avec le sourire, le garçon examina l'instrument et monta les escaliers grinçants comme dans un vieux manoir. Le commandant Chanel ferma sa chambre à clé et reprit le chemin de son bureau, en espérant que son étrange invité s'installerait durablement chez lui. La solitude commençait à lui peser.

Alain changea les cordes de la guitare et joua du Django Reinhardt jusqu'à s'abrutir de notes. Il savait d'instinct qu'il avait trouvé un sanctuaire pour oublier la malédiction de cette foudre. Il visita les lieux, ouvrit le réfrigérateur et tous les placards de la cuisine, gratta longuement sa barbe de trois jours et remonta en sifflotant *Dreams*, un air de Thelonious Monk.

Alors que Chanel traversait le Pont-Neuf pour se rendre à la Crim, le capitaine Devaux l'appela sur son portable :

– On a une sale affaire sur les bras. Je vous attends au premier sous-sol du parking Indigo à deux pas du 36, place 1059.

– Quelle poisse ! Encore vingt minutes, et notre équipe cessait de dérouiller. Bon, j'arrive.

Chanel descendit la rampe qui conduisait aux sous-sols de la cité judiciaire. Dans ce stationnement à un euro le quart d'heure, du Vivaldi diffusé en boucle avait pour mission de faire passer la pilule d'un prix de stationnement indécent. L'espace était fermé à la circulation par des bandes plastiques qui délimitaient le périmètre de la zone du crime et les fourgonnettes blanches banalisées confirmaient la présence de la police scientifique. Chanel se dirigea droit vers le capitaine Devaux et lui demanda à mi-voix un rapport express sur la situation.

– Notre client s'appelle Nicolas Fender, avocat au Conseil d'État et à la Cour de cassation. Une sommité dans le milieu, paraît-il. Un juge pour enfants au Palais avait garé sa Twingo à côté de la Jaguar et rentrait chez lui. Il a trouvé suspecte la position de la silhouette dans la voiture voisine. Il s'est approché, et a vu un homme affalé côté passager. Il a cogné à la vitre, pas de réponse. Il a ouvert la portière pour lui porter secours, pensant à une crise cardiaque, et a poussé la tête de la victime vers l'arrière pour prendre son pouls sur sa jugulaire.

– *A priori*, une réaction de premiers secours s'imposait, non ?

– Dès qu'il a vu les doigts sectionnés, il a alerté le vigile pour faire sécuriser le périmètre. Au lieu d'appeler le SAMU, il a préféré alerter l'agent en faction devant la brigade criminelle. Pour l'instant, il est en état de choc et il y a ses empreintes dans l'habitacle.

– Donc il est parti à pied en laissant seul le gardien.

– D'après la caméra, celui-ci a attendu sagement le retour du juge, sans s'approcher du véhicule.

– À part ça ?

– On a trouvé dans le coffre une empreinte appartenant à de petites mains.

– Le fameux troisième homme planqué dans le coffre à la barbe de tous ? Et les autres caméras ?

– Les lieutenants Lehr et Brobeck visionnent la télésurveillance. Nous en saurons plus sous peu.

Chanel plissa les yeux :

– Tu as dit que ses doigts étaient sectionnés ?

– Sauf un. L'oreille droite aussi a glissé sous la lame du tueur.

– Qui viendra de l'institut ?

– Mauvaise pioche, c'est le légiste Pratt qui est saisi de l'affaire. On l'attend. Chanel souffla fortement.

– Et qui est nommé pour l'instruction ?

– Bonne pioche. Le juge Pamiès sera là sous peu, avec le proc.

Le commandant sourit à l'idée de savoir ce magistrat à ses côtés.

Stéphane Cabrone, plume juridique du *Parisien* et figure controversée du Palais de justice, arriva droit sur les deux hommes en ouvrant son carnet de notes.

– Bonjour, messieurs. Que pouvez-vous me dire sur l'enquête, en l'état ?

– Pas grand-chose, grinça Devaux. Vous serez informé en temps utile. Comment avez-vous su, pour cet homicide ?

– J'allais chercher ma voiture. Vous avez dit homicide ? Et qui est le client ?

Devaux se mordit la langue pour avoir lâché l'information trop vite.

– Vous saurez assez tôt qu'il s'agit de Nicolas Fender, trancha Chanel, alors profitez-en pour fouiller votre documentation avant l'arrivée de vos confrères.

– Vous voulez parler du ténor du Conseil d'État et de la Cour de cassation ? Assassiné ? Waouh, c'est du lourd !

– Pour l'instant, je vous demande une certaine discrétion, Stéphane.

– Promis, commandant. Je vous appelle en fin de soirée. J'ai la faiblesse de croire que vous me garderez la primeur, lança le journaliste en s'éloignant.

Chanel secoua la tête sans rien confirmer. Sa conduite avec la presse était exemplaire. Tout comme lui, ces investigateurs de papier avaient la volonté d'éclairer les affaires judiciaires. Officieusement, il collaborait pour juguler l'inflammation intellectuelle des journaleux et officiellement, il ignorait superbement cette profession si indispensable aux bons rouages de la démocratie.

– Je ne crois pas un seul instant à son coup du « j'allais chercher ma voiture », railla Devaux.

– Il n'a pas de voiture et il gare sa moto face au Pont-Neuf depuis plus de dix ans.

– De là à croire qu'on a une taupe à la Crim, y a pas des kilomètres. Et je n'aime pas les manières de ce type.

– Détends-toi, ce gars fait son boulot, et plus que bien. C'est donnant-donnant, et se mettre à dos un précieux partenaire serait une grave erreur de stratégie. N'oublie jamais que les malfrats épluchent la presse le lendemain de leurs méfaits, et que c'est l'occasion d'agir sur le mental d'un assassin.

Le téléphone de Devaux sonna :

– Bonne nouvelle : les cousins assassins du vieillard pervers ont lâché le morceau. Vous aviez vu juste, la famille a suivi à la queue leu leu pour porter le coup de grâce. On se retrouve avec onze prévenus.

– Tu vois, finalement, Agatha Christie, c'est très moderne.

– Du coup, j'ai acheté *Le Crime de l'Orient-Express*. Les gars qui étaient sur l'affaire attendent que je le termine pour le lire, incroyable, non ?

– Le meurtre qui mène à la littérature, pouffa Chanel, on aura tout vu à la Crim.

7.
Taille 46

« La médiocrité domestique la poussait à des fantaisies luxueuses, la tendresse matrimoniale en des désirs adultères. [Emma] aurait voulu que Charles la battît, pour pouvoir plus justement le détester, s'en venger. »

Avec une combinaison blanche et une capuche rabattue sur la tête, Chanel passa sous les bandelettes rouge et blanc qui délimitaient la zone de crime. Les scientifiques en tenue réglementaire avec gants et patins turquoise s'activaient sous une tente laiteuse qui occultait la lumière, passant les lieux au crible fin. Le bleu du luminol se répandait et cherchait la plus infime goutte de sang perdu. Pour les empreintes digitales, les faisceaux lasers étaient utilisés en complément des substances chimiques habituelles. Dans un second temps, la poudre et le pinceau applicateur entreraient en jeu.

Les techniques apportèrent la première information importante laissée sur le tapis de sol, la pointure des chaussures de la dernière personne ayant conduit le véhicule : 46. À part celles de la victime, du juge et du gardien, ils isolèrent une trace papillaire récurrente à l'intérieur du véhicule, une aiguille cassée en son centre et un cheveu suspect, placé dans une pochette plastique pour l'adresser au labo.

– Originaire d'Afrique du Nord, trancha l'enquêteur en identifiant le frisottis typique. En revanche, le 46 du pied ne correspond en rien avec l'empreinte d'une main de petite taille.

Chaque centimètre était photographié, répertorié, et les clichés accompagnés de remarques sur un dictaphone, afin de mémoriser avec une extrême précision l'environnement de la scène avant la levée du corps.

Un agent de la section scientifique actionna son enregistreur et parla d'une voix claire :

– Il s'agit d'un homme de soixante-cinq ans, environ un mètre soixante-quinze, calvitie frontale et couronne de cheveux mi-longs et grisonnants sur les tempes. Il porte un costume anthracite, une chemise blanche tachée de sang, une cravate rouge carmin avec des points de couleur or, des chaussures noires de taille 40, des chaussettes brunes. Le col de sa veste est déchiré sur la gauche. Son portefeuille, posé à droite du volant, contient deux billets de cent, deux de vingt et douze pièces de monnaie. La clé magnétique du véhicule est engagée dans son récepteur, le moteur est éteint. Le corps est affalé côté passager, tous les doigts sauf l'auriculaire gauche ont été sectionnés avec précision, son oreille gauche est coupée en son milieu, ses joues sont tuméfiées…

Au moment où le légiste Pratt arrivait, un « technique » flasha une fois encore le corps dans ses moindres détails.

L'homme de science salua vaguement les deux officiers d'un coup de menton, posa une boîte métallique blanche sur le capot, l'ouvrit avec ses deux pouces, posa un masque sur sa bouche et enfila des gants en faisant claquer le latex sur ses poignets.

– Chanel, je suppose que tu envisages un rapport verbal *in situ*. Mais tu sais aussi que je n'y ai aucune obligation et que tu devras attendre mon bon vouloir, et le temps de l'autopsie à la morgue.

– C'est en effet votre droit, répliqua Chanel en maintenant le vouvoiement.

– Mais je suis de bonne humeur et bon prince. Alors, je vais l'exprimer à voix haute, comme si tu n'étais pas présent. C'est parti ! Seule une puissante lame de rasoir peut couper aussi nettement le derme.

Puisque l'os n'a pas résisté à l'incision, je miserais sur un massicot du genre professionnel.

– Je suppose que ce n'est pas le massacre de ses doigts qui a tué le client.

– Je commence mon exposé et tu écoutes sans un mot, c'est compris ? Ou tu vires. Les deux hommes se toisèrent une longue minute et s'affrontèrent sans faiblir du regard.

– Je reprends, trancha Pratt. À première vue, le décès est certainement dû à un étouffement. Le sang, donc l'oxygène du cœur, ne s'évacuant plus vers le cerveau, cela a conduit à l'arrêt cardiaque. Les chairs présentent une couleur rosée et on peut supposer de ce fait qu'un sulfate de morphine du genre Skenan 60 milligrammes lui a été administré.

– Et pour les doigts ?

– J'ai dit *sans un mot* ! Je reprends. Ils ont été sectionnés un par un, à intervalle régulier, et pour que le client ne tombe pas dans les vapes, on lui a administré ce fameux Skenan 200, médicament de liste III qu'on prescrit habituellement aux cancéreux en phase terminale. Précisons que seul un médecin peut l'obtenir, avec une ordonnance sécurisée. Je suppose que ta prochaine question porte sur l'heure de la mort. Le *rigor mortis* n'est pas achevé et les lividités ne sont pas encore cyanosées. Disons deux heures au maximum à compter de maintenant, soit une heure au plus avant la découverte du corps. Le *livor mortis* atteste que la victime a été déplacée à plusieurs reprises. L'autopsie nous racontera la suite des malheurs du grand ténor. Ce que je trouve inaccoutumé, c'est que les plaies ont été soignées et désinfectées avec soin. Ce qui suppose que le tortionnaire souhaitait le maintenir en vie. Ce qui confirmerait que le tueur n'avait pas pour objectif… de le tuer ?

– Les suppositions sont de notre ressort, docteur Pratt. Je vous envoie le corps sans attendre et je compte sur les prélèvements de l'entomologiste.

Chanel lui tourna le dos et partit rejoindre le juge d'instruction Pamiès.

– Bonjour, Éric. Pour une fois, Pratt le Boucher est plutôt bien luné. Un vrai pro. Mais qu'est-ce qu'il est condescendant et parano, ce type ! Faudrait voir si on n'a pas un dossier psychiatrique dans son parcours.

– Je partage ton analyse, reprit Pamiès, une vraie tête de cochon, mais compétent jusqu'au bout des ongles. Je sors de chez le Doyen et l'affaire fait grand bruit en haut lieu. Savais-tu que Me Fender était pressenti pour intégrer le Conseil d'État ?

– N'était-il pas déjà au Palais royal ?

– Oui, mais là, il devait être nommé vice-président du Conseil d'État, soit, dans l'ordre protocolaire, au premier rang des autorités civiles et militaires de l'État, après les membres du gouvernement, les présidents des assemblées parlementaires et le président du Conseil constitutionnel.

– Je connais mes classiques, Éric. Par ailleurs, ce poste est, de droit, celui de président du conseil d'administration de l'ENA, du Conseil supérieur des tribunaux administratifs et des cours administratives d'appel. Mais là, un sérieux coup de frein vient d'achever sa carrière.

– François, tu rassembles ton équipe et tu donnes une priorité absolue à cette affaire. Il y va de l'honneur de notre institution.

– Et les dossiers en cours ?

– Je prendrai l'attache de la divisionnaire cet après-midi et demanderai audience au préfet de Paris pour te libérer totalement. Je veux un premier résultat dans la semaine. Qu'est-ce qu'on a, dans l'immédiat ?

– Le criminel chausse du 46, a de petites mains, se balade avec un tranchoir et le crime n'a pas été commis dans le parking puisqu'il n'y a aucune goutte de sang autour du véhicule, alors que le corps a été transporté.

Le lieutenant Poivre l'interpella par de grands signes de la main pour l'inviter à le rejoindre dans le bureau des vigiles du parking Indigo. Poivre était aussi le procédurier de l'équipe, et contrairement aux six autres qui s'entassaient dans trente mètres carrés, il disposait de son propre bureau. Morgue, traces, mots, salive, sperme, sang, poils, urine, Code pénal et procès-verbal étaient les dix balles de ce procédurier, qui savait que la moindre erreur était fatale lors d'un procès d'assises.

8.

L'enfer de Dante

« Car je me punis par l'exil de tout le mal que je vous ai fait [dit Emma]. »

Rencognée au fond du premier étage du parking, une agence de voyages spécialisée dans la visite de Paris avait installé une centaine de vélos gardés par deux jeunes guides, étudiants en histoire de l'art. Avec un calepin, Dos Bastos et Brobeck recueillaient leur témoignage.

– Merci, messieurs, j'ai vos noms, téléphones et adresses. Vous êtes employés par la société Vélo bleu depuis combien de temps et à quelle fonction ?

– On bosse ici depuis trois mois comme guides, réparateurs de vélos et femmes de ménage aussi, remarqua Antoine, le plus grand des deux.

– Si on a bien compris ce qui se passe, il s'agit d'un meurtre, tenta Kévin en grattant sa barbe.

– Je ne peux répondre à cette question. Étiez-vous présents toute la journée… et plus particulièrement, ces dernières vingt-quatre heures ? somma le lieutenant.

– Nos tours de ville sont à heures fixes, commenta Kévin. Je suis parti avec six nanas vers le Quartier latin de 10 heures du matin à 14 heures. Des filles adorables. Puis rebelote avec un groupe d'Anglais, vers la Bastille.

– En ce qui me concerne, reprit Antoine, je suis parti à 10 h 15 avec huit individuels qui ne se connaissaient pas, et le soir à 19 h 30 avec une famille espagnole.

– Avez-vous remarqué la présence d'une personne au comportement suspect ?

– Franchement, non. Mais vous savez, ça défile tellement qu'on en oublie la tête des gens avec qui on a passé quatre heures. Au fait, il y a un groupe devant le parking en attente d'une visite des catacombes. Pourriez-vous les autoriser à venir choisir un vélo ?

– Pour l'instant, ce n'est pas possible. Je vous propose d'emporter vos deux-roues à l'extérieur. Voici ma carte. Je vous attends demain au 36 quai des Orfèvres à 9 heures pour enregistrer votre déposition.

– Nos touristes rêveraient de visiter la Crim. Pensez-vous que nous pourrions convenir d'un créneau de visite ? tenta le guide.

– Ce n'est pas un lieu de circuit touristique. Mais puisque aujourd'hui, le monde est à louer, voyez avec le ministre du Tourisme, on ne sait jamais. Demain, soyez à l'heure, s'il vous plaît.

Devant un tableau géant aux six écrans, Lehr et Brobeck visionnaient un bout de film en compagnie du vieux vigile. Sur une séquence, on apercevait une silhouette de forte corpulence descendre la rampe d'accès d'entrée réservée aux véhicules et se diriger droit vers la Jaguar. Dix mètres derrière, un couple descendait à pied en traînant quatre adolescents. D'un pas pressé, la famille se dirigea vers le fond du parking pour rejoindre un espace de dix places réservé aux vélos bleus de l'agence de voyages.

Le pivotement de la caméra ne permettait pas de voir l'avant de la Jaguar ni la porte latérale gauche. Il y avait comme un angle mort juste à cet endroit, comme si l'image était suspendue. Sur l'écran, le suspect de taille haute appuyait sur une télécommande, déclenchait l'ouverture de la berline, et s'installait durablement à l'arrière de l'habitacle aux vitres teintées.

Questions : en possédait-il la clé ? Disposait-il d'un matériel sophistiqué pour casser le code du bolide de luxe ? Aujourd'hui, les deux tiers des vols de véhicules se commettaient « à la souris », c'est-à-dire à la ruse, par des hackers équipés pour pirater les circuits internes et faire démarrer l'engin. Les bons assureurs reconnaissaient désormais le vol sans effraction. Fermer son véhicule n'avait plus aucun intérêt. Et s'il avait la clé, alors qui la lui avait remise ? Un complice au sein de l'étude Fender ? Un vol ou une perte de clé signalés ? À creuser.

En accéléré, le film défila jusqu'à l'arrivée de Me Fender qui s'installa côté conducteur. Quinze minutes plus tard, l'inconnu sortit du véhicule en laissant la porte arrière ouverte et en poussant Fender vers la place du copilote. Vingt minutes plus tard, le véhicule aux vitres teintées reculait et se dirigeait vers la sortie. La caméra saisit la visière d'une casquette et une puissante main gauche gantée qui colla une carte d'abonnement, appelée OPnGO, sur un cadran. La barrière se leva.

La caméra ne parvint pas à offrir un portrait du conducteur. Lehr appuya sur « Avance rapide ». Le même véhicule se présenta le lendemain et stationna au même endroit. L'assassin présumé repartit avec la visière toujours baissée sur son nez.

Les trois hommes eurent la même intuition en voyant la furtive silhouette de profil : derrière ce large jogging se cachait une femme forte, de dimension impressionnante et aux grands pieds.

Chaque image était datée et l'heure défilait sur l'écran. L'heure de l'enlèvement était donc aisée à établir. Et le meurtre avait eu lieu pendant cet aller-retour, ou peut-être dans l'habitacle, à leur retour. La question était : pourquoi avoir promené Fender dans Paris au lieu de l'assassiner tout simplement n'importe où, et pourquoi avoir pris le soin de rapporter le corps à la case départ ?

Tous se regardèrent avec un point d'interrogation dans les pupilles.

– Que nous raconte la caméra extérieure ? interrogea Chanel.

– On ne sait rien. Sur les trois caméras blanches installées à l'angle du quai, celle visionnant la rue de Harlay était en panne et n'a été réparée que deux heures plus tard.

– La poisse ! grinça Devaux. Mais on sait qui entre et sort, grâce à l'objectif placé sur la machine qui distribue le ticket de stationnement. On contrôle toutes les cartes de crédit utilisées et on ne laisse rien au hasard.

Chanel enchaîna :

– Me Fender était veuf, je crois. Trouvez le téléphone de la personne qui gère son domicile et demandez-lui les coordonnées de ses fils installés aux États-Unis. Oui, on va les appeler en douceur, parce que je ne vois pas la possibilité d'envoyer un agent sur place, avec le budget actuel. Vérifiez leurs alibis en passant et convoquez-moi ce juge qui a trouvé Fender dans sa voiture.

Devaux le rappela discrètement à l'ordre :

– Il est 6 heures du matin aux États-Unis et minuit à ma montre. Le juge passera nous voir demain matin et je propose une bonne nuit de sommeil, si on veut être performants demain.

Pamiès acquiesça :

– Laissons travailler les techniques pour l'instant.

L'équipe regarda le commandant avec appréhension. Chanel attrapa sa sacoche et sortit en réclamant une réunion dès 7 h 30, dans son bureau.

En arrivant chez lui, il entendit le jeu de guitare de son nouveau pensionnaire et siffla d'admiration. Sur le guéridon, le billet de cent euros n'avait pas bougé, très mauvais signe pour le dîner de ce soir.

Son premier geste fut d'allumer son ordinateur et de taper « synesthésie » sur le moteur de recherche. La liste des célèbres synesthètes était impressionnante : Franz

Liszt avait la capacité de visualiser la musique en couleur, tout comme Duke Ellington, Stevie Wonder ou Lady Gaga. Cette particularité se retrouvait avec le goût, l'appréhension spatio-temporelle, les nombres, l'art et même l'ésotérisme. Soit environ quatre pour cent de la population mondiale. Cette anomalie pouvait aussi apparaître dès la naissance ou résulter de la prise de drogues hallucinogènes.

Avec ses deux index, il composa : « Syndrome du savant acquis ». Il s'agissait d'un « superpouvoir » développé à la suite d'un accident cérébral et qui concernait dans le monde vingt à trente cas, décrits dans les annales médicales. Les exemples étaient édifiants, tel cet homme qui, après une commotion, s'était transformé en génie des mathématiques. D'autres développaient un don soudain pour la musique, la peinture, la poésie ou la mécanique. Ces capacités, « jaillies subitement du cerveau », soulevaient de nombreuses questions dans le petit monde des neurosciences. Le constat était : on ne sait rien sur ce type de pathologie, mais on étudie l'incompréhensible. Pour résumer, après un accident grave, le cerveau se réorganisait pour créer de nouvelles connexions nerveuses auparavant inaccessibles, grâce à de puissantes substances chimiques naturelles. Son hôte était donc un synesthète et génie malgré lui. Le psychologue qui sommeillait en Chanel se frotta les mains à l'idée d'étudier *in situ* un cas clinique rare.

Le commandant de police entendit des pas dévaler les escaliers, puis le réfrigérateur s'ouvrir. Des bruits de casseroles éclairèrent le visage de François. Le repas se préparait. Trente minutes plus tard, Alain frappa à la porte de son hôte et lui annonça que le dîner était prêt. Le couvert avait été mis au carré, le vin servi dans les verres, le pain grillé tranché en biais.

– Vous n'avez pas utilisé le billet posé sur la commode. Dois-je supposer que vous n'êtes pas sorti ?

– J'ai estimé que le placard contenait deux repas honorables. Je déteste le gâchis de nourriture et j'excelle dans l'accommodation des restes et l'ennoblissement des déchets. J'avoue avoir un côté bio et décroissant obsessionnel.

– À part les annotations du Pr Legendre, je ne sais rien sur vous. Donc, je note ce trait de caractère : écologiste jusqu'au-boutiste.

– Je suis un sujet de conversation que je préfère éviter, le temps que je comprenne qui je suis devenu. C'est comme si cette foudre m'avait donné une seconde naissance, voire un autre moi. Il y a de quoi flipper, ne croyez-vous pas ?

– Je vous l'accorde. Pouvez-vous au moins me parler de votre don d'analyse ?

– Je ne sais pas vraiment comment cela fonctionne, mais ça marche. Un matin, je me suis réveillé avec une tonne de savoirs spontanés, comme un héros de Marvel, du genre Spider-Man après s'être fait piquer par une araignée. Un exemple : j'ai lu une méthode sur la pratique de la guitare et dans l'heure, je jouais parfaitement. *Idem* pour la photo, le dessin, et toutes les sciences en général. C'est comme si mon cerveau était devenu une éponge dans un laboratoire d'analyses médicales, oscillant entre déduction mathématique et imagination prolifique.

– Est-ce douloureux ?

– Psychologiquement, c'est l'enfer de Dante. Je vois des choses que je ne comprends pas toujours. C'est angoissant. Le psychiatre m'a révélé sans ménagement la possibilité que je présente le syndrome du savant acquis. Pour l'instant, j'ai besoin d'un sanctuaire et d'un petit job pour me retaper et comprendre ce qui se bouscule dans ma tête. Pouvez-vous m'aider ?

– Vu vos talents, vous entrez de plain-pied dans le périmètre de la loi Perben II qui légalise et rétribue la pratique des indics de police. Seriez-vous intéressé ?

– Indicateur ? Vous êtes sérieux, là ?

– Oui. Informateur professionnel immatriculé dans les fichiers recensant votre savoir-faire. Vous dépendrez du Bureau central des sources.

– Et que devrai-je faire ?

– Étudier les affaires et rédiger des rapports d'expertise.

– Et je commence quand ?

– Vous avez déjà commencé. Les deux cousins et toute leur smala ont été mis en examen pour crime en réunion. Sans votre intervention, cette affaire aurait rejoint les oubliettes.

– Et vous avez une idée de la rémunération ?

– La rétribution se fait au service rendu. Cinquante euros pour un étranger en situation irrégulière, et ça peut grimper à plus de cinquante mille euros pour une information permettant la mise au jour d'un gros trafic de drogue.

L'homme-poisson ouvrit une bouche de carpe en entendant ces chiffres et se resservit en riant :

– Comme ça, je pourrai vous payer un loyer. Je suis bien ici.

– Hélas, le temps nous est compté.

9.

« Pète-sec »

> « *Emma] voulut devenir une sainte. Elle acheta des chapelets ; elle porta des amulettes ; elle souhaitait avoir dans sa chambre, au chevet de sa couche, un reliquaire enchâssé d'émeraudes, pour le baiser tous les soirs.* »

Les six hommes de la brigade « Cha » – pour Chanel – se tenaient devant le tableau de bord blanc. Chacun y déposait une piste, une idée, une suggestion et les digressions stériles allaient bon train. Au centre, François Chanel conduisait cette réunion en roue libre.

– Notre suspect avait assez de sang-froid et de connaissances pour ne pas laisser de trace. Pourquoi n'a-t-on pas retrouvé le téléphone de Fender ? D'après l'opérateur historique, la puce a été désactivée à 15 h 35, juste devant le 36. Sa secrétaire affirme qu'il possédait un iPhone dernier cri et que son agenda privé s'y trouvait. Question : qui s'occupe de prendre contact avec la marque à la pomme pour une géolocalisation ? Oui, je sais, ceux-là n'aiment pas collaborer, mais on va les contraindre à plus de savoir-vivre.

– Je m'en occupe, proposa Lehr sans conviction. Mais si le meurtrier a été assez malin pour désactiver l'écran de bord de la Jaguar, l'option « localisation » a dû être sa priorité. Et là, on est plus que marron.

– Sauf si le criminel ne connaissait pas le mot de passe, ce qui expliquerait l'élimination rapide du portable. La centrale de surveillance a-t-elle retrouvé trace de la balade du véhicule sur le périphérique ?

– Oui, j'ai confirmation que la Jag a filé vers le sud en passant par la nationale 20. Puis on la perd sur des petites routes secondaires. On la retrouve à un rond-point près de Melun, puis c'est le trou noir. Le véhicule réapparaît quelques heures plus tard porte d'Italie et on le piste sans souci jusqu'à son retour à la case départ.

– Que raconte l'ordinateur de bord avant la désactivation ?

– Franchement, rien. Réactivé pile au retour dans le parking. Entre les deux, le néant.

– De quoi dispose-t-on ? maugréa Chanel.

– Des pieds comme des péniches, une silhouette de walkyrie baraquée, et un probable massicot, introuvable. Pour les grands panards chez les femmes, j'ai mené mon enquête : elles sont un peu moins de huit millions dans le monde.

– Y a plus qu'à les faire passer une par une avec un soulier de cristal de taille 46 et on tiendra notre killeuse, plaisanta Brobeck.

Crise de rire générale.

– Qui a appelé les fils de la victime ? reprit Chanel.

Lehr leva le doigt et raconta son entretien téléphonique :

– Son fils André n'a pas semblé très ému de la disparition de ce père qu'il n'avait pas vu depuis six ans. Ils étaient en froid depuis une affaire concernant sa défunte mère. Il sera là dans trois jours pour les obsèques. Dans la foulée, nous l'auditionnerons avec son frère, qui l'accompagnera. Alibis en béton puisqu'ils étaient ensemble à un congrès médical avec vote obligatoire durant la session. J'ai contrôlé leurs passeports biométriques avec l'ambassade. Ils sont *clean*, nos Ricains.

– Et ce cheveu trouvé dans la voiture ? reprit Chanel.

– Le labo est muet pour l'instant. On évoque un poil dont l'ADN correspondrait à celui d'une femme. Rien dans les fichiers, rien sur la séquence.

– Je veux la liste des clients du ténor, ses ennemis, ses amis, ses maîtresses, son personnel, ses adversaires politiques, ses voyages et ses affaires juridiques en cours ou passées. Prenez contact avec les services du Renseignement pour envisager une reconnaissance faciale et locale. Listez les échanges par Skype, les e-mails, ses comptes d'ici ou offshore. Et je veux les fadettes de son opérateur avant midi. Au travail !

Un homme d'une trentaine d'années frappa à la porte.

– Je suis celui qui a retrouvé le cadavre dans le parking.

Chanel l'invita à s'asseoir et demanda à Dos Bastos de prendre sa déposition.

– Nom, prénom, situation de famille et profession, s'il vous plaît.

– Je suis de la maison. Juge pour enfants.

– Pas facile comme job, avec les comportements des mineurs d'aujourd'hui, monsieur le juge. Comment pouvez-vous nous éclairer ?

– À vrai dire, je ne me gare jamais ici. C'est hors de mes moyens. D'habitude, je prends le RER à Bussy-Saint-Georges, puis le métro. Comme j'accompagnais une amie à la gare de Lyon, j'avais décidé de prendre ma voiture. Ma journée était terminée et j'ai récupéré ma Twingo. Alors que je m'y installais, j'ai vu le type d'à côté écroulé sur la planche de bord. Je suis ressorti et j'ai cogné à la vitre. Aucune réaction. J'ai ouvert et j'ai vu du sang sur son col de chemise. J'ai tenté de le basculer vers l'arrière pour identifier la cause de son malaise. C'est là que j'ai compris. Aussitôt, j'ai couru vers le vigile afin qu'il vienne sécuriser le lieu. Comme la Crim était proche, j'ai pensé que m'y déplacer serait la meilleure méthode.

– Connaissiez-vous Me Fender ?

– Comme tout le monde, de vue. Mais je n'ai jamais eu l'occasion de m'entretenir avec lui.

– Affirmez-vous qu'il était mort lorsque vous l'avez découvert ?

– Sincèrement, je ne sais pas. Je n'ai pas eu la présence d'esprit de prendre son pouls et je sais qu'il ne faut pas brouiller les traces digitales. Je crois que j'ai laissé la portière ouverte.

– Je vous remercie et reviendrai vers vous si l'enquête le nécessite.

Le vigile corrobora sa version de la découverte du corps.

Le téléphone sonna. Une secrétaire l'invitait à se rendre sur-le-champ au mythique bureau 315. On l'attendait.

– Manquait plus que ça, grinça Chanel en levant les yeux au ciel.

Le fameux bureau du commissaire divisionnaire était habité depuis peu par une « Mlle Maigret », comme la surnommait la presse. Une femme à la tête de la Crim n'était pas du goût des hommes, et tous freinaient des quatre fers pour communiquer l'avancement de leurs enquêtes à cette dragonne. Il frappa et entendit : « Entrez, commandant. »

10.
Mademoiselle Maigret

> *« Ah ! si, dans la fraîcheur de sa beauté, avant les souillures du mariage et la désillusion de l'adultère, [Emma] avait pu placer sa vie sur quelque grand cœur solide [...]. »*

La « patronne » était en pétard et cela se voyait comme son nez sur son visage de poupée.

– Fermez la porte. Où en est votre enquête sur Fender ?

– Nous avançons, madame.

– Pourquoi ai-je l'impression que vous vous foutez de ma pomme à chacune de nos rencontres ? Croyez-vous que je vais me contenter d'un « nous avançons » ? Voyez-vous, comme vous, j'ai chassé le dealer, le voyou, le maquereau et le criminel. Avez-vous un problème avec les femmes, cher commandant ?

Chanel se remémora ce qu'il savait de la blonde pétulante et pète-sec en tailleur et foulard griffés, qui avait été propulsée patronne de la brigade criminelle par une poignée de politiciens entichés de la cause des femmes au pouvoir. L'idée sous-jacente de cette promotion féminine était de redorer l'image de la police en accordant ce joyau du 36 quai des Orfèvres à la première génération de femmes commissaires starisées par leurs supérieurs.

La divisionnaire avait posé sur le bois du prestigieux bureau 315 sa boussole, sa loupe et son inséparable lampe, cadeau en pied d'un Mauser offert, paraît-il, par son shérif de père. Il y avait aussi un violon miniature, souvenir de la fameuse affaire des mille violons, et un narguilé témoin de son septennat aux stups. Cette fille d'un flic de l'antigang et petite-fille d'un gardien de la paix avait été remarquée sur les bancs de l'école des commissaires tout juste ouverte aux femmes. Après son stage, elle avait fait ses classes comme commissaire de quartier à Paris. Puis elle avait quitté sa fonction et endossé la tenue de chasseur de drogue. Sur le terrain, elle avait enchaîné planques et filatures, de jour comme de nuit. Pour remonter une filière tamoule, elle avait passé des journées entières dans les « sous-marins », ces camions aménagés pour les surveillances avec des vitres sans tain, à observer les « fourmis » qui entraient et sortaient des immeubles par grappes avec des sacs, dans l'attente d'une importante livraison. L'univers de la drogue est éprouvant. Aux stups, sans bien s'en rendre compte, on prend sur soi le mal-être des toxicos.

Le préfet de police de Paris lui confia ensuite les rênes de la Mondaine. La nouvelle patronne commença par s'attaquer au propriétaire de vingt-cinq studios de prostitution, rue Saint-Denis. Pour complicité de proxénétisme hôtelier, elle dénonça le flic numéro 3 de la Mondaine et croisa le fer avec Mme Claude, la maquerelle des plus belles femmes sur le marché des filles de luxe.

D'un coup de baguette magique, la commissaire divisionnaire fut dépêchée à la BRB pour lutter contre le grand banditisme et remettre de l'ordre dans les rangs des cent vingt-cinq policiers. Aujourd'hui, la blonde carriériste était censée astiquer les lettres de noblesse de la brigade criminelle. On disait aussi que des jaloux du ministère de l'Intérieur mettaient son ascension sur le compte de son côté politisé. Maîtresse dans l'art d'arrondir les angles à coups de fouet et de remettre les problèmes d'équerre, la divisionnaire au bras long avait pour mission de « retisser les liens distendus avec les magistrats antiterroristes, afin de relancer les enquêtes ». Comme si à la Crim, on se dorait la pilule avant l'arrivée de « sainte Maigret », comme l'avait estampillée Chanel.

– Vous semblez ailleurs, commandant. N'avez-vous pas bien compris ma question ? Dois-je me répéter ?

– Je réfléchissais. L'affaire n'a que quelques heures et les éléments en ma possession ne justifient pas cet entretien.

– Dois-je comprendre que vous perdez du temps avec moi ?

– Je n'irai pas jusque-là, mais voyez-vous, sur le terrain, on est bien plus efficace que dans le repli des bureaux. Dès la première avancée, j'aurai à cœur de vous exposer de vive voix la situation.

– Je n'aime pas vos manières, qui en disent long sur vos relations avec les femmes. Vos états de service sont élogieux, alors ne détériorez pas ce que vous avez mis trente ans à bâtir.

– Trente-huit ans, pour être très précis, madame, et voyez-vous, ma carrière est plutôt derrière moi que devant. Puis-je vous demander congé ? Un coupable m'attend quelque part. Rassurez-vous, la primeur de mes informations sur cette affaire très médiatisée sera vôtre.

– Qu'insinuez-vous, commandant ? Que je ne m'intéresse qu'à l'image ? Je ne suis ni une star de cinéma ni une chanteuse de variété. Je suis flic, rappelez-vous cela. Avant de partir, j'ai un service à vous demander. Oui, vous avez bien entendu : un service. J'ai repéré une jeune femme et je souhaite son intégration à la Brigade pour son stage. Pourriez-vous avoir la gentillesse de la recevoir dans votre équipe ?

Chanel ne répondit pas. L'idée d'une espionne dans ses pattes le tordait, mais pour donner le change, il sourit comme l'idiot qu'il n'était pas.

– Elle se présentera demain matin. Je compte sur vous pour lui faire un bel accueil. Elle le mérite. Vous avez quatre jours pour identifier l'assassin. Après, je m'en mêle personnellement, si vous n'avancez pas. Vous pouvez disposer, commandant.

Alors qu'il refermait délicatement la porte du bureau 315 derrière lui, il entendit :

– Sachez que je n'apprécie vraiment pas vos manières.

Pour être franc, Chanel aurait préféré claquer cette double porte avec violence et hurler sa haine à l'idée de courber l'échine devant cette blonde pète-sec. Les officiers de son équipe avaient été choisis parmi des sportifs de bon niveau, des célibataires résistants, et le plus important : des hommes. Il ne le hurlait pas sur les toits, mais il écartait l'idée de travailler avec le fameux sexe faible. Non pas qu'il trouvât les femmes moins aptes à la profession, non, il préférait par choix la compagnie masculine, ce qui évitait, selon lui, de basculer dans le piège du couple. Question d'habitude, avec un fond de misogynie inavouable.

Lorsqu'il pénétra dans son bureau, le tableau était recouvert de pistes hasardeuses et de suggestions loufoques. L'enquête piétinait sérieusement.

11.

La mercenaire

« Et Emma fut prise d'un vague effroi, devant cette timidité, plus dangereuse pour elle que la hardiesse de Rodolphe quand il s'avançait les bras ouverts. Jamais aucun homme ne lui avait paru si beau. Une exquise candeur s'échappait de son maintien. Il baissait ses longs cils fins qui se recourbaient. […] Emma sentait une invincible envie d'y porter ses lèvres. »

La journée s'était consumée en suppositions stériles. Les techniques n'avaient soulevé aucun indice probant, à part que les paupières avaient été barrées par un sparadrap. Donc, « zéro début de piste » était au menu du lendemain.

Les Renseignements et le service biométrique ne proposèrent rien de concret, puisque avec un profil flou en vidéo, rien n'était envisageable. Le service des empreintes ne possédait dans son fichier aucune trace concordant avec les marques de ces doigts inconnus répandues dans l'habitacle.

Un rien de rien à vous couper l'appétit.

Une partie de l'équipe fouilla dans les casiers judiciaires pour débusquer une femme costaude, d'origine nord-africaine et chaussant du 46. Autant dire un aiguillon à dénicher dans un champ de paille à perte de vue. Deux lieutenants s'orientèrent vers la clientèle sélecte du ténor. Inutile de préciser qu'ils devraient marcher sur des œufslorsqu'ils débarqueraient pour exiger la pointure des pieds de leur entourage.

Le premier de la liste mesurait près de deux mètres et collectionnait les clubs de foot et les Maserati rouges. Il se trouvait aux Bahamas pour le mariage de sa fille et chaussait du 43. D'ailleurs, la plupart des bons clients de Nicolas Fender étaient domiciliés à l'autre bout de la planète, et curieusement sur la liste noire des paradis fiscaux.

Toutefois, le relevé téléphonique indiquait de récurrents appels vers le plus fidèle et lucratif client de Fender, un laboratoire pharmaceutique sis à Bâle. Un directeur suisse répondit laconiquement au téléphone que cet « auxiliaire de justice » apportait un regard français à leurs contrats, dans le but d'affiner les normes des vaccins antitétaniques.

Du côté des magistrats, Chanel demanda audience au Doyen des juges. Ce ne fut qu'éloges, colère et regrets. Les confrères du barreau évoquèrent un homme droit et réservé. Le bâtonnier rappela avec emphase que Fender avait été un exemple pour la profession et que jamais il n'avait reçu de plainte sur les procédures engagées.

Pourtant, un assassin était venu le torturer, et salement.

Chanel rentra un peu avant minuit. Alain l'attendait dans la cuisine et semblait d'humeur joyeuse.

– Bonsoir, monsieur. Au fait, comment dois-je vous appeler ? Commandant ? Monsieur ?

– Mon hôte ne peut qu'utiliser mon prénom. Si tu veux bien, j'aimerais François, et pas de monsieur entre nous. En revanche, le vouvoiement me plaît, même si de mon côté, je te tutoie. Est-ce que cela te convient ?

– C'est parfait ! Vous semblez harassé. Mauvaise journée ?

– Très. J'ai même pensé que tu pourrais m'aider dans une affaire où nous piétinons comme des débutants. Je te laisse le dossier dans l'entrée et je suis à ta disposition pour des questions. Je suis vanné, excuse-moi, je vais me coucher, je n'ai pas faim. Désolé.

– Avec sept kilos à perdre, votre dos ne s'en portera que mieux. Bonne nuit.

– Tu es mon hôte, pas mon coach minceur, et encore moins ma mauvaise conscience. À demain, et je compte sur toi pour jeter un œil sur l'affaire Fender. Merci.

Alain attrapa le dossier et commença la lecture. La Jaguar bleu nuit s'affichait en première page. Il connaissait cette voiture. L'immatriculation se fixa dans son esprit. Les milliards de connexions de son nouveau cerveau parvinrent à lui restituer une scène précise et à participer à un instant passé, de façon presque autonome. Alain n'expliquait pas ce phénomène et ne pouvait que le vivre, comme un incroyable fait convocable à volonté.

De peur d'être pris pour un fou furieux, il n'avait pas évoqué cette « possibilité » devant le psychiatre qui l'avait conduit ici. Avant d'en discuter avec une tierce personne de confiance, il souhaitait comprendre ce phénomène et pousser ses limites au maximum pour pouvoir en parler avec précision. S'agissait-il d'un don paranormal ou bien d'une imagination débordante ? Comment expliquer cette sensation de traverser le miroir du temps ?

Ses paupières tombèrent. Il vit une jeune femme se jeter par la fenêtre. Lorsqu'il les rouvrit, il se tenait face à l'entrée du 36 quai des Orfèvres. Une foule avec banderoles bloquait la circulation. Une femme au gabarit masculin sortait d'une berline de luxe bleu marine. Avec force, elle balança au loin un objet rectangulaire noir. Un scooter la frôla, elle l'esquiva de justesse. Alain se détacha de la scène au ralenti et suivit la trajectoire de l'objet. Une péniche pleine de sable passait sous l'arche du Petit-Pont. La chose jetée semblait avoir été recueillie sur la cargaison. Dans un effort de concentration, Alain distingua le nom du remorqueur tirant le chaland plein de sable : *Le Ponthieu.*

La femme au visage d'homme se posta sous ses yeux. Alain recula jusqu'au mur et trembla. Il sut que cette tueuse souffrait d'exister. Alain se tordit d'une horrible grimace de souffrance et sa vue se brouilla. En pénétrant dans la tête de cette mercenaire, il ouvrait une nouvelle porte sur ce pouvoir que la foudre lui avait accordé. Il y perçut distinctement la haine de l'humanité.

Alain roula sur le sol et libéra une violente crise d'épilepsie qui dura de longues minutes. De puissants maux de tête le clouèrent au lit.

Un froid de mort le ramena à la réalité. Une longue bouffée d'oxygène prouva qu'il respirait et une odeur de plastique neuf lui retourna l'estomac. Il déglutit avec difficulté et haleta en saccades par le nez.

Impossible de bouger. Ses dents claquaient de peur.

Alain transporta le dossier dans sa chambre et se promit de l'étudier sous toutes ses facettes.

12.

Place Mazas

« Jamais madame Bovary ne fut aussi belle qu'à cette époque ; elle avait cette indéfinissable beauté qui résulte de la joie, de l'enthousiasme, du succès, et qui n'est que l'harmonie du tempérament avec les circonstances. »

7 heures du matin. Chanel buvait un café dans la cuisine et espérait que son jeune invité lui donne sa version sur l'enquête Fender. Impatient, il monta dans la chambre pour récupérer le dossier. Alain dormait profondément. Il souleva la pile de feuilles en désordre et sortit sur la pointe des pieds. Avant de partir, il laissa un mot pour l'inviter à le contacter sur son portable « dès que possible ».

Ce matin, il se rendait à la morgue avec Devaux pour recevoir de vive voix le rapport d'autopsie du légiste Pratt. À deux pas de la gare de Lyon, le capitaine Devaux l'attendait, contenant sa nervosité avec difficulté. Ce moniteur de tir de trente-huit ans, médaillé d'honneur de la Police nationale, n'allait qu'à reculons quai de la Rapée. Ce passage obligé le tourmentait, mais constituait hélas l'une des attributions de son grade. Après douze ans de maison, il avait encore un problème avec la mort et ne parvenait pas à désacraliser le corps.

Chanel l'avait recruté dans son équipe et poussé dans sa carrière parce que son visage fait de creux et de bosses et sa peau épaisse révélaient un homme dynamique, endurant, passionné, indépendant d'esprit et méthodique. Devaux avait prouvé qu'il était capable de démonter des mécanismes complexes en s'appuyant sur un fort besoin de réalisation personnelle. Seule ombre au tableau, une tendance à l'excès d'autorité et à la rigidité.

Ils entrèrent ensemble par l'entrée principale de l'institut médico-légal du 2 place Mazas. Dans un vestiaire glacé, les deux hommes enfilèrent une tenue blanche et une paire de gants blancs en latex.

La pièce était carrée, immense et ne dépassait pas les dix degrés. Sur un pan entier de mur, de larges casiers recevaient les macchabées de la semaine. Derrière une vitre, une secrétaire tapait au kilomètre les rapports du centre médico-légal, sans jamais relever le menton. Le corps de Fender était éventré, de la vessie à la thyroïde, et ses tripes se répandaient dans des bassines. Durant deux heures et avec un haut-le-cœur dû à la brutalité de Pratt sur cette dépouille, les deux officiers assistèrent à chaque pesée notée par l'aide technique. Sur une planche en inox trouée et à l'aide d'une lampe chirurgicale, les légistes découpèrent en fines lamelles de jambon le cadavre et entubèrent chaque prélèvement avec un soin infini dans des récipients et autres pipettes étiquetés.

Les restes des entrailles du cadavre avaient été remisés dans un seau de cinq litres coincé entre les jambes du défunt ténor, en attente que le contenu soit reversé dans son habitacle d'origine, suivi d'une grossière couture. Dans la rigole de la planche de boucher, le sang coagulait lentement.

Avec son air déplaisant, le Pr Pratt discourut sur les résultats d'autopsie :

– Le chemin dentaire certifie qu'il s'agit bien du corps de Nicolas Fender. L'examen permet de constater que sa mort est survenue par asphyxie, mais sans strangulation. L'étouffement a provoqué un important traumatisme cardiaque et entraîné une mort instantanée.

– Si je peux me permettre de poser une…

– Pas de questions, Devaux. Tout sera dans le rapport. Je disais donc : traces importantes de sébacate de dibutyle, d'éthylcellulose, de gélatine, d'alcool cétylique, d'Aquacoat ECD 30, de dioxyde de titane, de Macrogol 4 000, de laurylsulfate de sodium, d'amidon de maïs, de talc, de microgranules neutres, et bien sûr, de sulfate de morphine en surdosage, comme je l'avais pressenti. Pour info, ces substances sont prescrites pour soulager les douleurs sévères correspondant, sur une échelle visuelle, à des valeurs comprises entre 9 et 10.

– Les doses ont-elles été assez fortes pour croire à…

– Encore un mot, capitaine, et je vous fous dehors de mon labo. Ici, c'est moi qui parle. C'est compris ? Je reprends. D'après le dosage des excipients, je confirme la présence de morphine de la marque Skenan, 200 milligrammes, un analgésique opioïde classifié ATC administré en ampoules et par voie injectable. Pour obtenir cette substance, il faut avoir accès à la pharmacie d'un hôpital ou d'un laboratoire.

– Nous chercherons aussi du côté d'un vol récent de Skenan. Et pour les doigts ? reprit Devaux, pressé d'en finir avec ce dépeçage macabre.

– Vous êtes tous les mêmes, les flics. Incapables de prendre en considération le travail des autres. Les phalanges ont été tranchées avec un instrument démultipliant la force de section. Des traces d'acier semblent indiquer qu'un vulgaire massicot pour liasses de papier a été utilisé.

– Avez-vous une piste à nous indiquer ?

– Nous avons affaire à un professionnel qui avait l'intention non pas de tuer, mais de torturer sadiquement. D'après nos analyses, une brosse antistatique a ratissé le moindre poil avant notre arrivée et on a retrouvé des fibres antibouloches y compris sur les cheveux. Parce que nous avons affaire à un pro. Les chaussures de la victime ont été emportées pour limiter notre zone d'action au corps. Le plus surprenant est à venir : un chiffon antibactérien a servi à récurer l'ongle de l'unique auriculaire qui a survécu au probable tranchoir.

– À quoi pensez-vous ?

– Les suppositions ne sont pas de mon ressort, je vous rappelle que je suis légiste, pas enquêteur. En tout cas, votre assassin est un méticuleux qui connaît nos procédures… sur le bout des doigts, si vous me passez ce mauvais jeu de mots. Précisons qu'il n'y avait aucune trace palmaire sur le volant, ce qui atteste qu'il portait des gants.

Le légiste parano tourna la page de son rapport :

– Dans le cou, une aiguille a été enfoncée avec brutalité, créant un hématome et laissant des traces de sédatif. Regardez sur le visage, ces lésions bleutées et gonflées attestent que la victime a été giflée à plusieurs reprises et a reçu aux yeux des coups portés sans retenue, puisque la rétine est déchirée. Aucune trace d'aliment solide dans l'estomac, à jeun depuis quinze heures avant la survenue de la mort. Il est à noter aussi que le corps était en état de déshydratation avancée. Oui, je confirme que le décès est survenu par arrêt cardiaque, très peu de temps avant la découverte du corps. Les alvéoles pulmonaires malmenées et l'aorte bloquée m'invitent à cette hypothèse. Autrement dit, le criminel a ramené sa victime vivante dans le parking.

– Peut-on supposer que le coup de grâce ait été donné dans la voiture ?

– S'il avait seulement eu les doigts sectionnés, votre client aurait survécu. Je pencherais pour un anévrisme cardiaque provoquant un infarctus du myocarde, puisque les valvules ont lâché subitement par manque d'oxygénation. Un massage cardiaque lui aurait sauvé la vie. L'étouffement est une seconde éventualité, moins probable, mais que je ne peux écarter au vu de la rupture intrapéricardique.

Pratt revint sur la page de garde :

– L'heure du décès se situe entre cinq et six heures avant la découverte du cadavre. Messieurs, je ne vous retiens pas. Copie du rapport est déjà dans votre boîte mail. Si vous avez des questions, relisez le document, tout est là. Sortez de mon labo.

De son côté, la police scientifique avait fait diligence et adressé sans tarder ses conclusions :

Absence d'enregistrement de vidéosurveillance durant la sortie du présumé criminel. Aucune trace ne laisse supposer qu'une tierce personne a agi. Pas d'effraction sur la serrure du véhicule, on peut en déduire que nous avons affaire

un professionnel. Aucune empreinte prélevée par adhésif utilisable. Aucun agenda, téléphone mobile ou ordinateur n'a été retrouvé.

Le luminol ne révèle aucune trace de sang ailleurs qu'autour du corps. Absence totale de preuves biologiques exploitables.

Un scénario possible se dessine, au vu de l'avancée de l'enquête : l'assassin attendait la victime dans l'habitacle pour lui administrer un sédatif, faire démarrer le véhicule et disparaître, pour réapparaître avec la victime. D'après les traces de sang, la victime vivait encore à son retour dans le parking. »

L'hypothèse de la scientifique collait, mais n'apportait aucune piste. *A priori*, Fender avait été découpé et une crise cardiaque l'avait emporté. Question : pourquoi avoir attendu d'être dans le parking pour « terminer le travail » ?

Aucun morceau ne collait. Chanel n'y voyait qu'incohérences. Retour à la case « flou total ».

13.
Domitille

« – Mais les hommes, enfin, répondait-elle.
Puis [Emma] ajoutait, en le repoussant d'un geste langoureux :
– Vous êtes tous des infâmes ! »

Au deuxième jour, comme un aveu d'impuissance, l'équipe était à l'arrêt devant le tableau blanc et faisait silence. Une jeune femme maigrelette se présenta sur le seuil de la porte et demanda d'une voix claire si elle était bien au bureau 410. Le lieutenant Poivre se leva et s'étonna de sa présence dans les étages sans accompagnement par un agent.

– Je suis la nouvelle stagiaire, annonça l'intruse aux cheveux courts et fins.

Avec des yeux ronds comme des soucoupes, l'assemblée fixa Chanel, sans réaction.

Lehr vint à la rencontre de la jeune femme et lui envoya :

– Pas de stagiaires en jupons chez nous. Il doit s'agir d'une méprise. Voyez avec le secrétariat. Au revoir, mademoiselle.

La jeune femme posa inconsciemment sa main droite sur son cœur. Ce geste involontaire et symbolique donna une indication précise à Chanel : cette fille était honnête et cette réaction spontanée indiquait une justesse morale et une incapacité à tricher ou reculer. Un très bon point et une recrue intéressante. Il s'offrit un test grandeur nature pour mettre à l'épreuve la pistonnée envoyée par Mlle Maigret.

– Pourrions-nous connaître votre prénom ?

– Domitille. Domitille de Darmoy. Mes amis m'appellent D. Les plus comiques m'affublent d'un DS, à cause des trois D de mon patronyme.

L'équipe éclata d'un rire général en entendant cet étrange prénom accolé à cette noble particule et la présentation originale de sa propriétaire.

Sauf Chanel. Cette approche lui plut. Les habits de la DS étaient des vêtements de combat rincés à l'acide. Ils racontaient sa façon singulière d'être au monde, d'exister, voire de s'imposer. Voilà ce qu'exhibait cette stagiaire dans un uniforme féminin qui coupait court à toute sexualisation. Entre manifeste et perfection, cette guerrière distillait son sens de l'humour, qu'elle utilisait comme une armure face à ses conquêtes.

– Puis-je supposer que vous avez apporté votre parcours avec vous ? reprit François.

– Voici mes documents, commandant.

Sans le lire, il posa le CV serré sur trois pages et étudia d'un œil faussement détaché cette aspirante si bien recommandée. La trentenaire ne dépassait pas les cinquante kilos et mesurait à la louche moins d'un mètre soixante. Ses joues étaient creusées, sa peau semblait translucide, ses cheveux étaient de soie et sa poitrine inexistante. Sa puissance se concentrait parfaitement dans la noirceur de ses pupilles. Une intelligence et une douceur implacables y brillaient de mille feux, voilà ce qui transpirait à grandes eaux de cette personnalité. Ce qui surprenait était ses mains d'homme dans ce corps d'enfant aux chevilles de princesse et à la mâchoire mussolinienne. En contrepoint, ses lèvres délicieusement ourlées riaient en coin devant ces mâles qui la détaillaient comme un objet non identifié.

– Mademoiselle Domitille, vous partagerez votre bureau avec… le lieutenant Lehr, qui s'excusera de sa méprise machiste. N'est-ce pas ? railla Chanel.

Crise de rire générale et hurlement de loup-garou de Lehr.

– Puisque vous êtes la bienvenue parmi nous, nous aimerions vous faire bénéficier de l'enquête en cours. Une approche neuve sera opportune, croyez-moi, murmura Chanel.

En s'aidant du tableau de bord, il lui expliqua à voix haute chaque détail. La jeune femme écouta, ne posa aucune question, mais ses yeux noirs scintillaient. Elle attrapa un feutre rouge et, d'un bond, elle entoura : iPhone.

Poivre rebondit :

– Apple n'est pas très coopératif et la firme vient de nous apprendre que son obligation de communiquer avec la police française relevait du cas par cas et sous condition de poser un cadre juridique, que leurs avocats ne manqueront pas d'étudier à la loupe pour une réponse sous trente jours, voire aux « calendes californiennes ». Et nous n'avons aucun moyen de pression à leur opposer, à part acheter du Wiko bien français.

– Je peux vous obtenir l'information tout de suite, commandant, trancha DS en baissant son regard.

Les six hommes ne riaient plus. Domitille caressa du bout de l'index sa tablette numérique à la pomme croquée couleur argent :

– Salut, Fred, je suis en stage chez les beaux gosses de la police judiciaire. Pour une enquête en cours, il me faudrait localiser fissa un iPhone sur Paris. Je t'envoie à l'instant le numéro IMEI. On pense que le téléphone est débranché, mais s'il y a encore un soupçon de batterie, c'est jouable. Peux-tu te reconnecter dessus… maintenant ?

Elle s'accrocha à son appareil et une minute plus tard :

– Quoi ? Le téléphone se balade sur la Seine en direction de Calais ? T'es sûr de toi ? Parfait. Je t'embrasse, et on se voit à Noël. Et merci encore, t'es un amour.

Elle raccrocha. L'équipe Cha la regardait bouche bée. Les yeux baissés, Domitille annonça modestement :

– Après déduction, le portable de la victime semble naviguer sur l'eau et se diriger vers Verneuil-sur-Seine. Je n'ai pas d'explication, mais ça ouvre la piste d'un lien entre une péniche et le tortionnaire. Dans trois heures et si la batterie a tenu, nous aurons un point précis.

Chanel demanda :

– Et peut-on savoir qui est ce contact chez Apple ?

– C'est juste mon frère. Il est le numéro quatre à la Silicon Valley et il s'occupe de la partie développement de la géolocalisation pour le groupe. Le crac de la fameuse

French touch, c'est lui. Grâce à leurs satellites, tout ce qui est connecté à un Mac devient ses yeux et ses oreilles. Pourrais-je visionner la séquence dans le parking Indigo ?

Brobeck alluma un écran et la silhouette de la présumée criminelle apparut. La jeune stagiaire nota des informations sur le tableau et déroula sa pensée :

– Elle porte des Rangers Intervention Elite Spider Zip. C'est une chaussure tactique militaire, un modèle agréé sécurité privée, peu courant sauf dans le milieu branchouille commando. On peut conclure que nous sommes devant une personnalité fortement impactée par l'armée, donc entraînée pour tuer. Peut-on avoir un agrandissement sur le poignet gauche ? Merci. C'est bien ce que je pensais. Regardez la marque qui dépasse de la manche : c'est le début d'un *mehndī*, un art du dessin réalisé au henné sur la peau. D'après les courbes, ce tatouage associe des signes traditionnels protecteurs. Nous sommes dans la pensée magique ou prophylactique, souvent appliquée selon une tradition familiale et d'appartenance à un groupe ethnique. Je parierais pour une Soudanaise ou une Syrienne. Regardez attentivement, je crois que le lobe de son oreille droite est sectionné. Revenez en arrière… stop ! On devine le commencement d'une importante cicatrice sur la joue.

Poivre applaudit posément et lâcha :

– Il nous manquait le petit détonateur pour amorcer l'enquête, et nous l'avons pour dresser un semblant de portrait-robot. Chère DS, bienvenue à la Crim. Je ne suis pas certain qu'on te laissera repartir.

Chanel enchaîna :

– Mademoiselle, vous nous avez bluffés. Avez-vous encore d'autres contacts bien placés aussi intéressants à nous offrir ?

– C'est possible, commandant. Nous sommes une fratrie de huit. Papa était très à cheval sur la réussite dans nos études. J'ajouterai à mes réflexions que revenir avec le cadavre dans le parking est totalement incohérent. Pourquoi avoir pris ce risque superflu ? L'assassin aurait pu simplement abandonner le cadavre sur le bord d'une route. Alors, quel était l'intérêt de ce retour à la case départ, si ce n'était de lui laisser la vie sauve ? Cela me laisse dans une impasse. En toute logique, notre client a été victime d'une crise cardiaque liée aux mauvais traitements endurés. J'ajoute enfin que l'absence de caméras dans cet angle est notre point faible. Et puis, il y a cette société de vélos bleus qui brouille les pistes avec leurs va-et-vient de touristes.

– Avec vos yeux neufs, qu'est-ce qui vous paraît le plus étrange, mademoiselle ?

– Cette note : « Aucune trace palmaire sur le volant, la conductrice portait des gants. » Alors, à qui appartiennent les empreintes dans le coffre ? À une tierce personne qui se trouvait dans l'habitacle ? C'est totalement improbable. Pourtant, cela m'interpelle. Et que dit le fichier central sur ces traces ?

– Ces doigts appartiennent à un fantôme, d'après eux. Du moins, à une personne non identifiée sur un casier judiciaire, marmonna Dos Bastos.

– Une personne sans identité ? Au XXIe siècle, c'est impossible. Nous sommes tous fichés quelque part et les trombines de la planète ont leurs selfies sur Facebook, s'étonna Brobeck.

– Tous, sauf lui.

– Ou elle ? reprit Domitille en plissant les yeux. Rappelez-vous, mon commandant, que ces traces dans le coffre sont celles de mains fines, donc possiblement de femme. Lorsque l'on chausse du 46, des doigts de fée sont exclus. C'est une question de bon sens anatomique.

Lehr déploya son mètre quatre-vingt-dix en se grattant la barbe. Son visage était à la fois rectangulaire et arrondi, ferme et coloré. Quand il l'avait recruté dans son équipe, Chanel avait été saisi par son expression intense et sa voix sonore. Il agissait vite, mais sans toujours contrôler ses réactions. C'était un audacieux, un enthousiaste très à l'aise en société, un doué pour l'improvisation et la compétition. Ses points faibles : l'impatience et l'imprévoyance.

– Une troisième personne ? Comment serait-ce possible ? s'étonna Lehr. Vous voulez dire un complice ?

– Peut-être pas.

– Est-ce une intime conviction ou une intuition féminine ? railla le lieutenant.

– Je vois la subtilité du propos, conclut DS sur la défensive et avec le sourire d'une personne prête à en découdre.

14.
Rue Bastion

« – Plutôt mourir ! disait Emma. »

Le portable de Chanel se manifesta. Il reconnut la voix d'Alain.

– François, je crois que j'ai une information importante dans l'enquête que vous m'avez soumise hier soir.

– Venez immédiatement.

Il raccrocha et demanda à Domitille de l'informer dès l'obtention de l'information de la Silicon Valley.

– Restez avec Poivre et saisissez dans notre logiciel maison les particularités de notre suspecte au lobe sectionné, tatouée à la syrienne.

Le curriculum sur trois pages de la miss était renversant. De la mention très bien au bac S, obtenu au lycée Louis-le-Grand, à l'X-Mines Paris, rien ne semblait arrêter cette jeune femme qui préparait l'ENA et un doctorat en criminalité à mi-temps. Au registre des activités extraprofessionnelles, elle excellait dans la pratique du violoncelle, du tennis de table, des échecs et avouait une passion pour les étoiles. Décidément, cette DS ne faisait rien comme les autres.

Le téléphone sonna de nouveau. La secrétaire du président de l'Amicale de la brigade criminelle lui rappelait que son équipe était conviée dans dix minutes au pot de départ d'un « crayon », un seigneur de la Crim, un spécialiste du matériel informatique espion.

L'équipe se frotta les mains à l'idée du buffet et tous descendirent en traînant derrière eux leur nouvelle DS, adoptée pour cause de compétences indiscutables. Chanel réceptionna Alain au sas de sécurité et l'invita à venir profiter du buffet donné salle Bertillon.

Avec sa chemise blanche impeccable, son pantalon gris au pli marqué et ses cheveux argentés plaqués, le pimpant commandant aux allures de gentleman ne passait pas inaperçu. À ses côtés, le jeune homme était excité et parlait haut, comme pour exister :

– Avec mes nouvelles capacités, j'ai pris conscience que je culpabilisais trop et inutilement. C'est pourquoi je décide de ne pas utiliser ces pouvoirs, sauf si c'est pour une bonne cause.

– C'est parfait ! C'était dans mes intentions de recourir à ce potentiel idéal pour reformater l'avenir.

Tout un monde bruissant avait les pupilles rivées sur le buffet champêtre proposé par le traiteur Guillemard. Ici, on s'appréciait d'un signe de tête, on cherchait sa tribu ou on s'ignorait fièrement, mâchoire serrée. On jouait des coudes pour se frayer un chemin ou on présentait son côté pile pour éviter la conversation. Les ressentiments étaient aussi tenaces que l'amitié, et comme dans tout milieu clos, les combats d'influence irriguaient parfois l'institution centenaire dans ses sinuosités pas si inattaquables.

Comme pour une équipe d'athlètes, le but était de contrecarrer un adversaire imperceptible et de s'investir dans une mission sacrée en barrant la route au gangstérisme.

Une salle bondée de femmes et d'hommes de bonne volonté au caractère bien trempé, voilà ce que vit Alain en frissonnant. Le président de l'Amicale de la brigade criminelle lut son discours avec entrain et, pour donner le change, on applaudit, on but du vin rouge à l'étiquette de l'amicale, on grignota des chips et on avala poliment une tranche de rillettes. Puis tous rejoindraient d'un pas lent leurs enquêtes en souffrance.

Protocole oblige, juste après l'intervention du président, un chef de service prit la parole en éclaircissant une voix hésitante :

– Chers collègues, je profite de cet instant de convivialité pour vous informer de vive voix de l'avancée des travaux rue Bastion. Oui ! Les locaux du mythique 36 sont obsolètes depuis des lustres, et nos salles de garde à vue ne sont plus aux normes. Si les services d'hygiène et de sécurité passaient, ils fermeraient nos locaux sur-le-champ. Le bâtiment est à bout de souffle. Tous les policiers qui ont connu la fabuleuse ambiance de travail auront forcément la nostalgie du lieu, mais rappelez-vous que ce sont les hommes qui fabriquent la mémoire de la pierre, et pas le contraire. La facture de la future cité judiciaire s'élève à un milliard d'euros et le coût du nouveau siège de la police judiciaire se chiffre en millions. Mettre le cap sur le 17e arrondissement, auprès de ce futur Palais de justice de Paris appelé à accueillir près de quatre-vingt-dix salles d'audience sur soixante et un mille mètres carrés est une gageure pour la Direction régionale de la police judiciaire de Paris. Haut de six étages, l'édifice dispose de deux niveaux en sous-sol pour trois cents places de parking. Un maillage de caméras de vidéoprotection et des hommes en faction protégeront les abords. La façade du rez-de-chaussée sera bétonnée pour prévenir une attaque kamikaze, avec vitrage à l'épreuve des balles. De nouvelles pages d'histoire restent donc à écrire dans le 17e arrondissement. Merci de votre attention, chers collègues.

Un homme grand et fort leva la main et demanda publiquement :

– Que deviendra le 36, monsieur ?

– Merci pour cette question, commandant. Le mythique 36 quai des Orfèvres rassemble ses souvenirs… qui seront réunis sous la forme d'un musée. En effet, M. le préfet de police envisage de conserver une partie du site comme lieu de mémoire. Une étude de faisabilité associant le ministère de l'Intérieur va être lancée.

Dans l'assistance, on entendit des « ouf » de soulagement.

À la sortie, Chanel présenta Alain à son équipe :

– Je te présente mon équipe : le capitaine Devaux, les lieutenants Muller et Poivre, Lehr et Brobeck, Dos Bastos, et DS, notre très récente stagiaire.

Le téléphone de Domitille vibra. Elle leva le bras pour signaler une information importante :

– Mon frère m'informe que la batterie est déchargée et qu'il ne peut plus localiser le numéro de série.

Calmement, Alain murmura :

– Je sais où se trouve ce portable et je crois qu'il y a connivence entre les secrétaires. Il manque aussi un témoignage, celui du vigile. En ce qui concerne l'aiguille cassée et trouvée sur le tapis de sol, je parie que nous trouverons l'autre moitié dans le chas d'accès à la carte SIM de l'iPhone. Si la victime a été ramenée à son point de départ, c'est que le criminel avait une promesse à tenir, autrement ce risque n'aurait pas été pris. Toutefois, je m'interroge sur la crise cardiaque de la victime. Avait-il des antécédents ? Nous ne pouvons néanmoins exclure cette probabilité dans une approche logique.

Lehr se tourna vers Chanel et demanda :

– C'est qui ce gars, exactement ?

– Je vous présente Alain. Il est atteint du syndrome du savant acquis et je crois que nous avons une seconde recrue époustouflante.

Les yeux de Domitille brillèrent de curiosité.

Le Doyen des juges du Palais de justice appela Chanel pour lui glisser une information confidentielle sur son confrère : en vingt ans, huit dépôts de plainte contre

Fender pour tentative de viol avaient été interceptés par le parquet et non instruits. Chanel prit note, demanda copie des mains courantes pour poursuivre une enquête discrète comme le recommandait le haut magistrat, puis il raccrocha en baissant la tête. L'establishment avait fermé les yeux pour couvrir les dérapages d'un des siens. Le comportement malsain d'un homme du sérail avait été tu, ce qui l'avait de fait autorisé à récidiver.

Chanel regarda Alain et lui sourit avec un air accablé :

– Il se pourrait qu'un lien existe effectivement entre ses collaboratrices. Dos Bastos, tu me convoques les trois dernières secrétaires de notre juriste. Une piste pourrait émerger. Il apparaît clairement que notre juriste avait une libido plus qu'exacerbée. On va donc fouiller parmi les victimes du grand ténor irréprochable.

Les bras ballants, Domitille regarda Chanel d'un air d'appel à mission.

– Mademoiselle, vous serez notre mémoire sur cette affaire. Ce qui arrive désormais sera entre vos mains. De nouveaux éléments nous parviendront sous peu. Épluchez chaque détail, faites un rapport sur ce qui vous semblera opaque. Établissez une liste de noms, vérifiez les contacts. Au boulot !

– À vos ordres, commandant. Et merci pour votre soutien. J'apprécie.

– Avez-vous un lien avec notre divisionnaire ?

– Sa réputation la précède, mais je ne l'ai jamais rencontrée. Mon affectation a été une vraie et belle surprise, croyez-moi.

15.

Polygraphe

« […] gens cossus, bourrus, obtus, cultivant leurs terres eux-mêmes, faisant des ripailles en famille, dévots d'ailleurs, et d'une société tout à fait insupportable. »

Douze heures avant la découverte du cadavre dans le parking Indigo.

Me Fender était bâillonné et ligoté, ses bras saucissonnés sur les accoudoirs d'un fauteuil. Ses paupières étaient barrées par un sparadrap et de grosses gouttes ruisselaient de son crâne déplumé. Un brassard noir serpentait autour de son avant-bras et une lanière reliée à un ordinateur portable cintrait sa poitrine. Sur un écran, une onde oscillait dans un horizon blanc et bleu.

La femme militaire sans lobe droit se tenait assise face à lui et priait en arabe, tête baissée. Cet iPhone jeté sans contrôle dans la Seine la titillait. *Ce détail empêche que les sourates parviennent au Prophète*, se disait-elle en se mordant la lèvre jusqu'au sang. Elle redoubla de ferveur et demanda que ce maudit téléphone se trouve bien à présent dans les fonds vaseux des incroyants.

Yara avait suivi secrètement un stage commando avec l'armée syrienne et elle connaissait bien les procédés et les malices des criminologues. Ce qui ressemblait à une connexion était un signalement de position, une porte ouverte à une possible enquête.

« Pas de mouchard, pas de traquenard », règle absolue dans les Renseignements à Damas. « Faute professionnelle ! », aurait hurlé son instructeur. Yara se répéta à voix basse : « S'il veut être certain de ne pas se trahir, un mercenaire de Dieu ne doit laisser aucune trace ni électronique ni physique. Pas d'e-mail, pas de papier, pas de téléphone, pas d'enregistrement. Tout est dans la tête. »

Et dans sa haine.

Grisée par son pouvoir de destruction lors de sa formation clandestine en terre djihadiste, la criminelle naviguait entre naïveté, déni du réel, inconséquence et lucidité kamikaze.

L'éminent juriste de la Cour de cassation, le haut magistrat pressenti pour le Conseil d'État se redressa. La tortionnaire s'installa sur un tabouret face à lui, dégagea le bâillon de son invité involontaire et débuta une série de questions dans un micro qui déformait sa voix :

– Nom et prénom ?

– Qui êtes-vous ? explosa l'avocat de la Cour de cassation. Savez-vous qui je suis réellement ? Je vous somme de me libérer dans l'instant. Cet enlèvement vous conduira directement aux assises et croyez…

Une gifle de forte intensité balaya le visage de Fender et lui ouvrit la lèvre supérieure.

– Tu n'es pas dans ta cour d'opérette, ici, répondit une voix métallique déformée. Ici, je commande et tu répliques correctement. Voici ma loi : un mensonge, un doigt en moins, deux mensonges, deux doigts en moins… Et au bout de dix doigts, je passe aux orteils. J'ai branché un polygraphe très susceptible sur ton palpitant et ton pouls. À la première menterie, je mets à exécution mes promesses.

– C'est une farce, assurément, et j'exige que vous me détachiez, c'est un ordre ! Un violent soufflet ouvrit l'arcade sourcilière du soumis à la question.

– Que voulez-vous, à la fin ? hurla Fender. De l'argent ? Prenez ma carte de crédit, servez-vous, et laissez-moi repartir. Mais vous n'obtiendrez jamais ma clémence pour ce geste dément !

Yara serra les poings et demanda, les dents serrées :

– Je répète la question, puisque tu n'avais pas les règles. Nom, prénom, date et lieu de naissance ? Exécution !

– Vous ne m'impressionnerez pas avec vos…

Elle attrapa l'auriculaire de son prisonnier et le trancha net à l'aide d'un massicot. Nicolas Fender hurla de toutes ses forces en se tordant dans sa souffrance. Il fut bâillonné et une aiguille s'enfonça dans son bras. Au bout d'un quart d'heure, l'avocat s'était calmé.

– Maintenant, monsieur le grand défenseur, à chaque réaction inadéquate, je t'injecterai un puissant antalgique afin de poursuivre l'interrogatoire dans de bonnes conditions. Et n'oublie pas la règle. Je questionne, tu réponds sans mensonge, sinon, tes doigts tomberont. Nom, lieu et date de naissance. Exécution !

Elle retira le bâillon de la bouche ensanglantée du juriste.

– Je m'appelle Nicolas Fender, je suis née à Walheim en 1952.

– As-tu un ami proche ?

– Je n'ai que des clients. Les amis se font rares à mon âge, et heureusement.

– Donne-moi un nom. Exécution !

– Franck Bihl au collège, Helmuth Willer, plus tard. À l'âge adulte, Raymond Tanneur.

– Parle-moi de ce dernier. Exécution !

– Franchement, je ne vois pas où vous voulez en venir avec mes amis. Je suis veuf, mes deux fils sont installés aux USA. Je vous en supplie, libérez-moi, pleura Fender en gigotant de douleur sur sa chaise et sur un ton bien moins vaillant.

– Rappelle-toi la règle, espèce d'enfoiré, ou bien dois-je à nouveau te sectionner ? Parle-moi de ce Tanneur et dis-moi ce que tu sais sur ce pote. Exécution !

– Il est mort dans un terrible accident de montagne. C'était un personnage insolite. Je crois qu'il souffrait d'être incompris… Au secours ! hurla l'avocat.

Yara libéra à nouveau la lame et lui trancha l'index. Fender brailla et perdit connaissance. À coups de claques, il retrouva conscience.

– Perdu ! explosa la voix déformée. Le polygraphe indique que tu m'as abusée au sujet de l'accident. Je t'écoute. La vérité, rien que la vérité, s'il te plaît. J'ai tout mon temps. On reprend. Puisque tu m'as entourloupée, j'ose croire qu'il n'est pas mort dans un accident, n'est-ce pas ?

– Mais en quoi cette histoire vous intéresse-t-elle ? cria Fender.

Le cran du tranchoir crissa.

– Par pitié, je suis un vieil homme et je ne comprends pas l'intérêt de cet interrogatoire nazi ! Mais je vais vous raconter ce qu'il s'est réellement passé. Tanneur s'est jeté dans le vide afin d'expier une faute lourde. Une drôle d'histoire qu'il n'a jamais souhaité véritablement évoquer avec moi.

Le polygraphe s'affola.

– Encore un pipeau, cher maître minable. Ma patience est à bout et tu vas casquer grave. Yara lui coupa deux doigts d'un coup et les lui enfonça dans la bouche. Fender perdit à nouveau connaissance. Sa tortionnaire remonta sa manche, tira sur ses gants en latex puis lui injecta dans la veine jugulaire un puissant antalgique doublé d'un excitant cardiaque. Elle le gifla avec rage et le supplicié se réveilla en nage.

– L'ordinateur est formel, cher maître : tu as menti, sale mécréant. Changeons les règles, puisque tu ne sembles pas cadrer avec mes textes de loi. Au prochain bluff, je te découpe une oreille, puis l'autre, puis le nez… Dois-je continuer, ou bien vas-tu enfin jacter sans bobards ? Je recommence et tu repars sur de bonnes bases, OK ? Dis tout ce que tu sais sur Tanneur ou je te débite en filet mignon, exécution !

Fender se secoua lorsqu'il entendit la lame monter cran par cran. Sa douleur était anesthésiée, mais sa tête le plongeait dans des vertiges abyssaux. Le fier avocat cracha ses deux doigts, et balbutia, en larmes :

– Officiellement, Raymond est mort dans un accident survenu sur l'Everest. En vérité, je doute de ce fait, pourtant avéré. Par pitié, laissez-moi partir… Je n'ai pas vu votre visage… je ne dirai rien, je…

– Cher maître, as-tu une dernière volonté ? demanda la voix de robot. Oui, tu comprendras bien que vu tes mensonges à répétition et ta résistance, je ne peux t'épargner, pour cause de manquement à ma loi. Le verdict sera donc la peine capitale. En revanche, j'ai la faiblesse de t'accorder une dernière volonté, si tu me livres la vérité toute crue.

Dans le cas contraire, je te lacère et te découpe en petits morceaux jusqu'à l'obtention de l'objet de ma requête. Exécution !

Fender releva la tête avec panache. Il bomba le torse et dit fièrement :

– Les barbares ne m'ont jamais effrayé et je maudis votre sadisme. Allez au diable ! J'exige de retourner à la Cour de cassation et vous somme de me ramener prestement.

– Je prends acte de ta dernière volonté, sale chien de chrétien, hurla Yara dans le microphone qui déformait la tonalité de ses invectives. Chose promise, chose due. Maintenant, je t'écoute.

– Si je vous raconte ce qu'il s'est vraiment passé pour Tanneur, personne ne vous croira.

– Évidemment… Je t'écoute, salopard, et n'omets aucun détail.

16.
Mademoiselle Fanny

« – Prenez garde de l'éveiller ! dit à voix basse Bovary. »

La canicule arriva par surprise et l'alerte orange fut prononcée pour cause de retour soudain de l'anticyclone des Açores. Dans le bureau 410, la température frôlait les trente-sept degrés sous le vasistas. L'équipe Cha formait un demi-cercle, debout devant le tableau blanc. Alain se leva et chercha ses mots. La manière dont nous nous exposons influence grandement la façon dont nous sommes perçus. Le geste, l'allure, la position, le style de langage ou la politesse influencent l'évaluation de notre crédibilité. Alain n'avait pas ce talent et en toute franchise, il irritait par sa présentation et ses efforts de communication.

– J'étais là lorsque la conductrice de la berline a jeté le téléphone en direction de la Seine. Je crois qu'il a atterri sur une péniche qui passait.

– C'est bizarre comme aveu, coupa Domitille. Et toi, tu passais par là par hasard. Pourquoi t'as attendu si longtemps pour livrer cette info ?

– Je n'avais pas fait le rapprochement.

– Avait-elle des gants ? relança Lehr en balayant la remarque de DS.

– Pas de gant à la main gauche qui tenait le téléphone.

– As-tu vu le nom de la péniche ? osa Dos Bastos sans conviction.

– Sur la coque, j'ai lu *Le Ponthieu*, affirma Alain.

Devaux sortit son portable et appela « la Fluv », la brigade de police nautique spécialisée dans les interventions en Île-de-France, sur trois mille quatre cents kilomètres de voies d'eau.

– Salut, c'est Devaux à la Crim. On cherche une péniche nommée *Le Ponthieu.* T'as ce nom dans tes fichiers ? Quoi ? Tu as vu ce remorqueur passer il y a moins d'une heure ? Peux-tu lui demander de ralentir son rafiot et me prendre avec une vedette ? Je t'attends face au 36 dans dix minutes. Merci.

L'équipe le fixait la main en l'air et avec un grand sourire.

– Je suppose que vous êtes tous partants pour m'accompagner sur *La Croisière s'amuse*, mais cela n'est pas possible. Commandant, je prends qui ?

– Prenez DS pour son baptême « d'entrée en Seine ». Allez, c'est parti et ne revenez pas sans cette unique pièce à conviction.

– Poivre, les trois dernières secrétaires du ténor sont-elles arrivées ?

– Elles sont chacune dans un espace différent et comme vous me l'avez demandé, elles se croiseront dans le couloir. Je guetterai leurs réactions. Avez-vous des doutes sur ces témoins ?

– Cette mise en scène a pour vocation d'établir si un lien existe entre ces dames. Lehr, tu m'accompagnes et tu prends les commandes.

Alain, le teint glabre, demanda à rentrer. Ses migraines le reprenaient et il n'avait pas emporté ses médicaments.

Chanel avait eu vent par téléphone des frasques libidineuses du ténor Casanova par le Doyen des juges. Un silence rigoureux sur le comportement équivoque de ce confrère disparu lui avait été vivement recommandé.

Une jeune femme au charme époustouflant entra dans le bureau 410 et s'installa, sous les yeux béats du très célibataire Lehr.

– Mademoiselle Fanny Azoulay, vous avez vingt-neuf ans et vous avez été embauchée par Me Nicolas Fender.

– C'est bien cela.

– Je suis le lieutenant Lehr, officier de police judiciaire, et voici le commandant Chanel. Nous vous remercions de votre diligence à répondre à notre pressante convocation. Je vous informe de vos droits : votre déposition sera enregistrée sous forme de procès-verbal de vos déclarations, que vous signerez après lecture et observations. Vous devez répondre à nos questions, aucune charge à ce jour ne pèse sur vous. Cette audition ne pourra durer plus de quatre heures, vous n'avez pas droit à l'assistance d'un avocat. Des questions ?

– J'avoue avoir eu une belle frayeur à votre appel téléphonique.

– Comme vous le savez, votre employeur a été assassiné. Pourriez-vous nous donner une idée de votre planning professionnel et personnel de cette semaine ?

– C'est simple ! J'avais cumulé des RTT et des heures sup. J'ai préféré poser trois jours. J'étais chez moi avec ma mère venue me rendre visite.

– Nous vérifierons. Que pouvez-vous nous dire sur la personnalité de Me Fender ?

– Un homme charmant ! Je m'enfonçais dans une période de chômage et cet emploi à mi-temps a été comme une bouée de sauvetage.

– Possédez-vous les diplômes requis pour œuvrer à ses côtés ? répliqua Lehr d'un air distrait.

– Pas du tout. J'étais mannequin occasionnelle pour des maillots de bain haute couture de la maison Dior. Avec l'arrivée des jeunettes sur le marché de la beauté, je sentais bien que ma carrière de modèle s'achevait. Je cherchais une sortie de secours pour continuer à élever mon jeune garçon et opérer une reconversion.

– Avez-vous répondu à une annonce d'offre d'emploi ?

– J'ai été recommandée par une relation, client de Me Fender. Mon ami avait insisté pour que je mette une photo qui me montre bien « sous toutes les coutures ». Le charme étant mon unique atout pour rebondir, j'ai débarqué avec mon book professionnel et une tenue légère, je l'avoue. La fin justifie parfois les grands moyens.

– Et ça a marché, semble-t-il. Il vous a donc proposé une période d'essai pour faire plaisir à cet ami ?

– Je ne suis pas qu'un corps, monsieur. J'ai aussi de bonnes notions de traitement de textes et un cerveau en bon état. Il voulait une personne organisée, aimable au téléphone et avec une tenue impeccable.

– Avait-il beaucoup de clients ?

– Non, seulement des affaires triées sur le volet, et je crois que c'était un homme de dossiers de fond. La psychologie de cabinet l'agaçait. Il préférait les courtes missives et le renvoi systématique des procès pour se donner du temps. Un seul client avait ses faveurs, un homme à la voix charmante que je n'ai jamais vu et qui appelait de Suisse.

– D'après nos informations, vous travailliez à son cabinet depuis trois mois. Avait-il des gestes disons… déplacés ?

L'assistante ne répondit pas tout de suite, comme si elle cherchait le mot juste.

– Il avait des façons bien particulières de laisser ses mains sur mes épaules, mais je crois qu'il s'agissait d'une marque d'attention. Il n'y avait aucun sous-entendu dans ses attitudes, même s'il m'offrait parfois des fleurs. Cela lui rappelait sa femme, disait-il. Et n'oublions pas qu'il avait soixante-cinq ans.

– Teniez-vous aussi son agenda personnel ?

– Non. J'avais pour consigne de ne pas poser de rendez-vous le mardi. Tout se trouvait dans son téléphone pour ce jour précis. Me Fender était un juriste très au fait de la connectivité et son précieux iPhone ne le quittait jamais.

Chanel prit la parole pour la première fois :

– Avez-vous rencontré dans son cabinet une femme grande, du genre militaire et avec de grands pieds ?

– Franchement, je ne vois pas.

Chanel nota un léger tic, comme une contraction nerveuse au-dessus de la paupière. Ses épaules se redressèrent et sa cheville gauche se plia. Les stigmates du mensonge criaient leur vérité. La jeune femme sourit et reprit de l'assurance :

– En revanche, il était très soucieux, dernièrement, d'un dossier concernant un laboratoire suisse. Ce genre d'informations restait dans son téléphone et je n'ai jamais eu accès à cette affaire. Mon employeur était secret, et à part ses bons mots sortis du XIXe siècle, il ne partageait rien.

Chanel posa une question très directe :

– Confirmez-vous que la victime n'a pas tenté de vous séduire de manière plus agressive ?

– Absolument. Un homme charmant, je vous dis. Pour mes trente ans, le mois prochain, il proposait de m'emmener dîner chez lui pour que nous parlions avenir. Croyez bien que j'avais vraiment besoin de ce travail, monsieur. Hélas, me revoilà à la case zéro.

– Veuillez ne pas quitter Paris jusqu'à nouvel ordre, mademoiselle. Je vous rappelle que nous sommes dans le cadre d'une enquête criminelle et que contrevenir à cette obligation de rester à la disposition de la justice vous exposerait à des soucis.

La secrétaire aux épaules divines quitta les lieux en laissant un parfum capiteux derrière elle.

– Dommage que l'on ne puisse pas draguer les suspects, rêva Lehr.

17.
Mademoiselle Fatima

« L'aplomb dépend des milieux où il se pose : on ne parle pas à l'entresol comme au quatrième étage, et la femme riche semble avoir autour d'elle, pour garder sa vertu, tous ses billets de banque, comme une cuirasse, dans la doublure de son corset. »

Une autre belle femme au regard aussi noir que mystérieux entra. Elle avait une allure de diseuse de bonne aventure, et un nuage de sensualité indéniable flottait au-dessus d'elle. Le lieutenant Lehr demanda :

– Mademoiselle Fatima Schneider, vous avez trente-quatre ans et avez été recrutée comme assistante juridique par Me Nicolas Fender.

– En effet.

– Connaissez-vous la jeune femme qui vient de sortir ?

– Jamais vue. Jolie personne. Suis-je censée la connaître ?

– Je ne peux répondre à cette question. Nous vous demanderons de signer le procès-verbal avant votre départ.

– Est-ce que je peux ne rien dire ?

– C'est votre droit, reprit Lehr, et cela sera consigné dans le PV. Toutefois, cela nous contraindrait à moins de souplesse et à envisager l'épreuve de force, par le biais d'une information judiciaire *via* commission rogatoire. Croyez qu'un juge d'instruction ne se fera pas prier s'il pressent une certaine réticence ou une volonté de se soustraire à une audition libre. Puis-je continuer ou dois-je envisager un autre angle ?

– J'ai pratiqué la loi et ses errances. Veuillez excuser ma simple question. Je vous écoute, monsieur.

– Lieutenant, s'il vous plaît, madame. D'après nos informations, vous avez travaillé sept mois et huit jours aux côtés de la victime. Nous souhaitions connaître votre avis sur votre passage au sein de son cabinet. Et croyez que rien de ce qui sera évoqué ici ne sortira de ces murs.

– L'homme était charmant. Je crois surtout qu'il m'a embauchée dans le seul but de me faire des avances.

– C'est-à-dire ?

– Oh, il a mis du temps avant de se lancer, mais la nature est infaillible. Rapidement, j'ai eu droit à des bouquets de fleurs et à une approche de gentleman du XIXe siècle. Un soir, il m'a demandé de l'accompagner chez lui pour récupérer un dossier. Un sublime dîner nous attendait dans son immense maison cossue. Il a sorti le grand jeu, avec bague et promesse de vie de princesse.

– Et… ?

– Il était mon aîné de plus de trente ans et son physique me dégoûtait autant que son haleine. J'étais sa secrétaire juridique, diplômée, bien élevée, pas une putain à plein temps au service de sa libido. Dans la semaine qui a suivi mon « non merci, monsieur », il m'a gentiment licenciée en s'excusant pour sa conduite déplacée. J'ai accepté le joli chèque et je suis partie la tête haute. Point final. Je ne regrette rien.

Chanel prit la parole :

– Dans le cadre de cet emploi, avez-vous rencontré une femme de grande stature aux allures militaires avec de grands pieds ?

Chanel n'entrevit aucun tic nerveux, cette femme affichait un parfait self-control. Toutefois, sa réponse fut trop hâtive, comme on se débarrasse d'une question gênante :

– Non. Cela m'aurait marquée, monsieur.

– Commandant, s'il vous plaît. Merci de votre témoignage, madame. Vous voudrez bien rester à notre disposition en ne quittant pas Paris, jusqu'à nouvel ordre. Une dernière question avant de nous quitter, tenta Chanel. Avez-vous retrouvé un emploi ?

– Je suis en profession libérale.

– Pourriez-vous être plus explicite, s'il vous plaît ?

– Je suis parapsychologue.

– Cela ne nous éclaire guère, minauda Chanel, qui avait très bien compris son activité.

– Médium, pour être plus précise.

– Très intéressant. Voyance directe ou versée dans l'astrologie ?

– Le tarot de Marseille n'est pas mon rayon, mais je maîtrise ce langage. Puis-je me permettre de vous aborder mentalement, commandant ?

– Je vous en prie, faites.

Fatima posa sa main droite sur le poitrail de Chanel et ferma ses paupières. D'une voix grave, elle dévoila ce qu'elle voyait :

– Depuis peu, un homme peu ordinaire est entré dans votre vie et il semblerait que cela vous rende heureux… J'aime beaucoup votre musique. Jazz, n'est-ce pas ? Je vois aussi la photo d'une femme dans l'entrée de votre drôle d'habitation. Puis-je supposer qu'il s'agit de votre mère ?

– Bel exercice, chère madame, mais nous en resterons là de votre art.

– Pratique divinatoire suffira. L'art est l'apanage des artistes, ce que je ne suis pas.

– Pourtant, tel le médecin, l'extralucide devine pour mieux orienter, n'est-ce pas ? Avez-vous une carte de visite à me transmettre ?

L'ex-secrétaire devenue visionnaire dégaina un carré bleu avec la photo de ses yeux de braise soulignant l'adresse de son site Web. Sous son nom, son savoir s'affichait sans complexes : magie noire. Sa visiteuse était bien ce qu'il avait entraperçu au premier regard : une sorcière, une envoûteuse, donc une femme potentiellement dangereuse.

Chanel leva les sourcils et remercia cette visiteuse qui, en un contact, avait vu juste.

18.
Mademoiselle Marion

« Un battement de cœur la prit dès le vestibule. »

Lehr se moqua de l'activité « carnavalesque » de la visiteuse et demanda au commandant ce qu'il pensait de cet « art ».

– Jeune homme, apprenez qu'il faut une grande habileté pour se lancer dans les affaires d'avenir. J'ajouterai que sans conscience, sans responsabilité, il y a danger à pratiquer cet exercice périlleux.

– Je rêve ! Ne me dites pas que vous accordez un quelconque crédit à cette ensorceleuse ?

– J'ai pour ma part constaté des choses inexplicables lors d'une enquête sur une statuette africaine déposée en gare de Lyon. Depuis, je doute. Mais sommes-nous prêts à accepter la possibilité d'une influence extérieure à nos savoirs ? Non.

– Je me rappelle très bien cette affaire de marabout, c'était du vent, railla Lehr. Et ne me dites pas que vous partagez votre vie avec un homme ?

– Ce ne sont pas vos affaires. Rappelez-vous de la réaction du monde lorsqu'un homme visionnaire et de bonne foi a affirmé que la Terre était ronde.

– Franchement, vos propos me surprennent.

– Il y a du bon dans la police, comme du mauvais. *Idem* chez les médecins ou les plombiers. Cette profession ésotérique n'échappe pas à la règle et je crois que cette femme possède un certain talent.

– Un talent ?

– Oui, celui de nous mentir avec aplomb.

Poivre était assis dans le passage et guettait le moindre clignement ou regard entre les auditionnées.

Pour cette troisième audition, Chanel changea de tactique. Une fille à la taille de guêpe entra. Ses traits enfantins portaient les signes de la fragilité, une vraie frimousse de victime, et on lisait sur ses lèvres ourlées au Botox une nette tendance à la soumission. En elle coulait l'inquiétude typique de ceux qui manquent de confiance en eux, se laissent piétiner, un genre à attirer de fortes personnalités.

– Mademoiselle Marion Muller, connaissez-vous la femme que vous venez de croiser à l'instant ?

– Absolument pas.

– Elle affirme vous connaître, pourtant, bluffa Lehr. Ne l'auriez-vous pas croisée au tribunal ou ailleurs ?

– C'est possible, mais je ne crois pas avoir été présentée ni avoir eu une quelconque conversation avec elle.

– Je vous rappelle que nous sommes dans le cadre d'une enquête de flagrance qui court sur quarante-huit heures et peut se prolonger durant huit jours, puisque nous sommes face à un crime de sang au premier degré. Votre ex-employeur a été torturé et assassiné froidement par un sadique qui lui a sectionné les doigts.

La femme trembla. Chanel enchaîna et emprunta une voix abrupte :

– Pourriez-vous nous dire ce que vous avez fait entre mardi soir et jeudi soir ? Chaque mot sera reporté sur le procès-verbal. Je vous précise qu'un faux témoignage est sévèrement puni par la loi et que tout ce que vous direz pourra être retenu contre vous. Êtes-vous bien certaine de ne pas connaître la femme que vous venez de croiser ?

– Je vous répète que je ne l'ai jamais vue, monsieur.

– Appelez-moi commandant, s'il vous plaît, tonna durement Chanel. Je vous présente le lieutenant Lehr qui mènera cet interrogatoire.

– Mademoiselle Marion Muller, vous avez vingt-cinq ans et vous avez été engagée par Me Nicolas Fender, annonça le lieutenant avec un sourire bienveillant. D'après le contrat en ma possession, vous avez été sa secrétaire durant douze mois. Bien sûr, nous avons eu vent de vos soucis avec votre employeur.

– De quels ennuis parlez-vous ?

– Mademoiselle, je vous rappelle une fois encore que vous serez peut-être amenée à prêter serment devant un juge et qu'un faux témoignage est passible de sept ans de prison et de cent mille euros d'amende. Dois-je répéter la question ? accentua Chanel d'un ton cassant.

– C'est très clair. J'ai été licenciée par rupture conventionnelle. Me Fender était charmant… et insistant, je l'avoue. Il ressentait ma dépendance émotionnelle et ma vulnérabilité après le départ de mon compagnon, alors il a tenté sa chance.

– Le mot harcèlement serait plus adéquat, qu'en pensez-vous ?

– Protecteur serait le mot juste. Il n'a jamais dépassé les bornes de la bienséance. Mais c'était « lourd » de travailler à ses côtés dans ces conditions.

– Nous avons appris qu'il vous avait fait le coup du dîner aux chandelles dans sa demeure, bluffa Lehr.

– Oui.

– Curieusement, vous êtes restée plus longtemps que vos consœurs ? Pourquoi ?

– À cause d'un gros crédit immobilier et d'un conjoint aux abonnés absents. J'avais vraiment besoin de ce travail pour m'en sortir.

Dos Bastos entra, accrocha une pile de feuilles sur le tableau de bord et murmura à l'oreille de Chanel :

– Je viens de recevoir une info du programme de surveillance IOL et là, on tient un truc intéressant sur la personnalité de notre ténor. On a affaire à un accro du porno, dans la catégorie « timbrés ». D'après la sonde informatique, Fender avait une nette attirance fétichiste pour les pieds et les costumes d'époque.

Depuis peu, les services de renseignement avaient mis en place une surveillance générale du Net, une sorte de dispositif automatisé *via* l'installation de sondes sur l'ensemble du réseau ADSL. Ce programme confidentiel, baptisé « IOL » pour Interceptions obligatoires légales, permettait de détourner le trafic d'un usager en entrant simplement son identifiant. On pouvait aussi collecter en temps réel, et en masse, les métadonnées. C'était une pratique autorisée, non avouée, et tous observaient un silence radio sur cette information sensible.

Chanel tourna autour de son invitée sans un mot. Il cherchait dans sa mémoire ce qui engendrait cette déviance. Dans un traité sur cette idolâtrie malsaine, Sigmund Freud avait publié un essai en 1927 expliquant que lorsque l'enfant découvrait que sa mère n'avait pas de pénis, l'angoisse de castration survenait avec une névrose. Anciennement considéré comme une maladie mentale, on sait désormais les réelles souffrances que cet état engendre. Il s'agit d'une fixation névrotique du désir sexuel sur une partie précise de l'anatomie. Comme le pied.

Chanel continua sans ménagement :

– Nous connaissons les travers fétichistes de Me Fender. Et vous en avez été la victime. Je vous écoute et vous rappelle que tout ce que vous direz ou ne direz pas pourra être retenu contre vous. Parlez-moi de sa déviation liée à son délire sur ce personnage de roman.

Plaçant ses paumes sur son visage, la jeune femme éclata en sanglots. Dans un flot de paroles saccadées, elle révéla le côté obscur du juriste émérite :

– Il était obsédé par les pieds de Mme Bovary. C'était comme une attraction incontrôlable, et pour ne pas l'exciter, je portais des bottes même l'été. Mais comme les huissiers frappaient tous les jours à ma porte, je lui ai demandé de l'aide. Il m'a proposé dix mille euros si je portais une robe de marquise période Napoléon III et si je lui laissais baiser mes pieds.

– Et vous avez accepté.

– Sans cet argent, j'étais perdue. Comme j'ai honte !

– Combien de fois avez-vous autorisé son délire sur cette partie de votre corps ?

– Jusqu'à ce qu'il paye l'intégralité de ma dette de cinquante-sept mille euros. Nous allions dans son manoir et, comme dans le roman de Gustave Flaubert, il m'appelait Emma et je devais l'appeler Charles. Je crois qu'il était prisonnier de son obsession. Je ne sais rien d'autre et je n'ai pas tué cet homme.

– Mademoiselle, je vous libère pour l'instant. Veuillez ne pas quitter Paris jusqu'à nouvel ordre, et noter votre numéro de portable sur cette feuille. Croyez que nous nous reverrons si l'enquête le réclame.

La jeune femme partit d'un pas pressé. Chanel pensa tout haut :

– Bon, résumons nos acquis : Fender est riche, abonné au harcèlement de ses secrétaires transformées en Bovary soumises et grassement payées. Au fait, j'avais demandé la liste de ses clients, ennemis, amis, de son personnel, de ses adversaires politiques, de ses voyages et de ses affaires juridiques en cours ou passées. Ça traîne, ça traîne. Au travail, et on déballe tout du très grand homme qui se travestissait en notable du XIXe siècle !

Finalement, Chanel escomptait bien fouiller en profondeur la vie du grand avocat pas si irréprochable. Derrière sa psychose, un assassin peut-être se cachait.

Poivre confirma que les femmes s'étaient toisées comme si elles ne se connaissaient pas. Toutefois, Chanel aurait parié le contraire. Question d'instinct. Alain avait vu juste. Et ce sans même les rencontrer.

19.
Le Ponthieu

« – Vous avez tort ! Il ne faut jamais laisser en friche les facultés de la nature. »

Devaux et DS patientaient sur le quai de Seine. Le remorqueur *L'Île-de-France*, fleuron de la brigade fluviale, arriva droit sur eux, et se positionna le long de la berge. Le brigadier-chef Carlos Pereira abaissa une passerelle pour embarquer ses invités. Le pilote les accueillit chaleureusement :

– On a demandé au *Ponthieu* de ralentir, et il attend notre visite. Soudain, la coque heurta « quelque chose ».

– On a dû se prendre un tronc d'arbre, soupira le pilote. La dernière crue de la Seine, montée jusqu'à trois mètres cinquante, a charrié pas mal d'objets jetés à l'eau comme de nombreux troncs d'arbre pourris.

– DS, je te présente René Hugon, on a fait nos classes ensemble.

– Pouvez-vous m'en dire plus sur la Fluv ? demanda Domitille en lui serrant la main.

– C'est une unité de la préfecture de police qui regroupe cent quatre agents, dont une dizaine de femmes. On a soixante-dix plongeurs, des sonaristes et des pilotes, tous des pros hyperqualifiés dans leur domaine.

– Et c'est quoi, la mission ?

– La surveillance de la montée des eaux avant tout. À partir d'un mètre soixante, on considère qu'on est en crue : c'est notre hantise. On porte aussi secours aux sans-abri installés sous les ponts. Hier, sous le Pont-Neuf, on a sauvé un SDF du suicide. On informe les proprios des mille bateaux-logements de la région des précautions à prendre. On vérifie si leurs amarres ne sont pas trop tendues pour que leur bateau ne se retrouve pas sur le quai en cas de crue soudaine.

Pendant que le brigadier-chef parlait, une vedette de Bercy dépassa *L'Île-de-France* très vive allure.

– Quand elle fonce comme ça, sûr qu'elle transporte un ministre. Pourtant, c'est une infraction caractérisée. On ne peut rien dire, même si les vagues générées peuvent s'avérer dangereuses pour les autres embarcations. Pour info, sur la Seine, la vitesse est limitée à douze kilomètres heure pour les péniches et les Bateaux-Mouches, et à dix-huit kilomètres heure pour les bateaux de plaisance.

– Dans combien de temps verra-t-on *Le Ponthieu* ?

– Vingt minutes.

DS demanda :

– Paraît que la Seine est de plus en plus propre. C'est vrai ou c'est de l'intox ?

– Ouais, on y trouve même des moules et des écrevisses. Mais pas que. La semaine dernière, on a ramené dans notre filet un drôle de crustacé. C'était un cadavre enroulé dans un tapis et du barbelé. Mais c'est vrai, il y a moins de pollution aux métaux lourds. Quant aux macchabées…

– Vous devez avoir pas mal d'anecdotes à nous raconter, René.

– Des centaines. Tiens, c'est comme ce Bateau-Mouche, lors d'une manœuvre d'évitement prise dans un fort courant. Il a dérivé et s'est encastré sous le pont d'Iéna. On a évacué une centaine de touristes russes avec les pneumatiques. Malgré la puissance de *L'Île-de-France*, on a trimé quarante-huit heures non-stop pour tirer le promène-couillons de sa galère. Entre les suicides, les homicides et les chutes, on a recensé quarante-cinq décès en 2011, précisa le lieutenant Laurent Dupras.

– Y a même un abruti qui a parié un soir du Nouvel An qu'il traverserait le fleuve à la nage, releva le brigadier-chef.

– Et il a réussi ? demanda Devaux.

– Sans combinaison, dans une eau à huit degrés, c'est pure folie. Il s'est noyé. Le pire, c'est une dépressive qui a sauté dans la Seine avec son chien attaché à un pied et une boîte à outils à l'autre. Et je te raconte pas le nombre de Vélib' remontés, les épaves de voitures volées à Gennevilliers et à Ivry. Faut savoir que sur la Seine, il est courant que des bateaux coulent. Quatre l'année dernière, dont deux sabliers trop chargés.

– Mais quel est le pire du pire ?

– La grande crue centennale. Là, c'est la grosse galère assurée. Tiens ! On voit la coque de votre client.

La péniche remontait à vide. *L'Île-de-France* accosta *Le Ponthieu* tout en douceur. Roger et sa femme reçurent froidement cette inspection surprise.

– On est en règle, messieurs. Qu'est-ce qui ne va pas ?

– On recherche un téléphone portable et on soupçonne qu'il a atterri sur votre bateau.

– Pas vu de téléphone, répliqua la femme replète.

DS fit le tour complet de la péniche en fouillant chaque interstice. Aucune trace de portable. Lorsqu'elle retrouva Devaux dans la cabine, le couple de mariniers faisait front. Il y avait dans leur attitude un fond de culpabilité, comme un mensonge commun, gênant. DS tenta le tout pour le tout :

– Un iPhone tout neuf a une réelle valeur et je suppose que si j'en trouvais un par hasard, je ne me précipiterais pas pour le déposer aux objets trouvés. Toutefois, vous devez connaître un élément important sur ce magnifique téléphone taché de sang. Dès qu'il sera rechargé, nous le repérerons immédiatement. Autre information importante : cet appareil fait l'objet d'une recherche active dans le cadre du meurtre au premier degré d'un personnage public. Dissimuler cet objet serait puni pour recel, et entrerait dans la catégorie des infractions pénales de complicité. De notre côté, nous sommes certains qu'il est tombé sur votre chargement. On peut aussi solliciter un juge d'instruction pour une douloureuse perquisition à votre domicile et celui de vos enfants. À vous de voir.

D'une main tremblante, la femme ouvrit un placard et lui tendit l'iPhone.

– Il était planté sur notre chargement. On pensait l'offrir à notre fille. On s'excuse. Est-ce qu'on fera de la prison ?

DS sortit un sac plastique et lui demanda de le glisser à l'intérieur.

– Non, pas de prison ni de condamnation pour entrave à la justice, mais vous passerez faire votre déposition demain matin sans faute.

Devaux s'éloigna et composa le numéro de Chanel :

– Nous avons enfin notre première pièce à conviction. Je dépose tout de suite l'objet au service technique pour dégoupiller la mémoire Apple. Elle est sensationnelle, la môme stagiaire. Elle a un talent fou pour flairer l'embrouille. On a besoin d'elle dans la police. Non, vraiment, c'est un vrai numéro.

Des vagues secouèrent *L'Île-de-France*. Une vedette de Bercy fonçait au milieu de la Seine.

– Encore un ministre pressé d'en finir avec la crue du chômage, railla le capitaine.

20.
Vie de château

« – Ah ! tu ne sais pas ! Eh bien ! je sais, moi ! Tu as vu une bouteille, en verre bleu, cachetée avec de la cire jaune, qui contient une poudre blanche, sur laquelle même j'avais écrit : Dangereux ! Et sais-tu ce qu'il y avait dedans ? De l'arsenic ! »

Le lendemain, Chanel conduisit Alain au Bureau central des sources, le fameux service des indics. Un des hauts commandants, surnommés les « crayons », recevait « sur recommandation » les proposés au périmètre du cadre Perben II. Le commissaire Talion accueillit avec circonspection Chanel et son indic dans son large bureau. Il écouta sobrement les doléances et les exploits du protégé de Chanel et sortit un formulaire.

– À remplir avec attention, mais ne croyez pas qu'il s'agisse d'un stage. Une commission se penchera sur votre demande un peu spéciale et statuera sur vos capacités.

A priori, vos talents entrent de plain-pied dans le cadre de la loi, mais vous resterez éloigné des enquêtes. En tant qu'informateur professionnel immatriculé, votre savoir-faire pourrait figurer dans nos fichiers, alors, je vous invite à commencer tout de suite et avec ma bénédiction. Nous légaliserons vos interventions – sous toutes réserves. C'est à vous, Chanel, que la responsabilité incombera. Avez-vous un degré de parenté ?

Les deux hommes secouèrent la tête.

– Nous contrôlerons vos dires, messieurs. Fermez la porte en sortant, s'il vous plaît. Ah ! j'oubliais. La première affaire soulevée n'est pas rémunérée. Ni la deuxième. Et nous prenons en priorité ce qui rapporte de l'espèce dans les caisses de l'État. À vous de jouer. Adieu.

En sortant, Alain s'interrogea :

– Concrètement, comme ça se déroule ?

– Reste discret et évite de parler, parce que nous échappons à la procédure. Toutefois, tu vas étudier toutes les pièces du dossier Fender et tu m'accompagneras sur le terrain comme observateur… muet. La récupération de l'iPhone constituera un second travail amené dans une affaire de crime sensible. Nous partons sans attendre pour visiter la demeure de Fender à Milly-la-Forêt et recueillir le témoignage de son personnel. Tu poseras toutes les questions aux témoins assistés, sauf devant un magistrat ou un gradé.

Dans la cour du 36, Chanel récupéra un véhicule banalisé. Les deux hommes s'engouffrèrent sur l'autoroute A6. Aucun mot ne fut échangé durant le trajet. Au golf du château d'Augerville, Chanel prit la bretelle de sortie. Trente minutes plus tard, la voiture s'engagea dans la très belle propriété, digne d'un avocat de Cour de cassation.

Le manoir de la fin du XVIIIe siècle était bâti sur les fondations d'un ancien castel situé à seulement trois quarts d'heure du Palais de justice et à quinze minutes de Vaux-le-Vicomte. Cet environnement privilégié s'étalait sur sept cents mètres carrés habitables avec vingt pièces, dont deux salles de réception remarquables et une magnifique cuisine dînatoire. L'ensemble était restauré avec raffinement et le parc de 2,2 hectares, traversé par un bras de Seine, bénéficiait d'un jardinier à demeure pour l'entretien de la roseraie. Évidemment, dépendances, maison de gardiens, tennis, boxes pour chevaux, bords de rivière, anneau pour bateau, entraient dans les commodités de ce havre de paix d'exception. Un homme en gilet et chemise blanche attendait sur le parvis.

Le majordome se présenta avec un ton de voix grave et une légère condescendance guindée dans les voyelles :

– Le Doyen des juges nous a informés de votre visite. Croyez que le tragique décès de notre employeur nous meurtrit et que c'est un choc pour nous tous. Je suis Georges Mirand, et avec mon épouse, nous étions au service de Monsieur depuis trente ans.

– Combien êtes-vous d'employés ?

– Quatre personnes à plein temps, monsieur. Si vous voulez bien vous donner la peine de me suivre, les fils de Monsieur vous attendent.

– J'ignorais leur arrivée sur le territoire français.

– Ils viennent d'atterrir.

– Auriez-vous la gentillesse de rassembler le personnel de maison pour un entretien ?

– Je prépare le petit vestibule bleu qu'affectionnait tant Monsieur.

L'entrée monumentale bénéficiait d'une quadruple exposition et permettait de jouir à tout moment de la journée des différents espaces qu'offrait le jardin. Beaux volumes de réception traversants, avec cheminées en pierre dans la salle à manger donnant sur la rivière et le parc.

Seul le style Louis-Philippe semblait avoir eu les faveurs du propriétaire. Ce mobilier massif très en vogue du temps de Gustave Flaubert donnait au salon une atmosphère agréable de bourgeoisie affairée et cossue.

Dans une immense salle à manger, deux hommes installés dans des fauteuils crapauds autour d'une table en merisier semblaient se quereller.

– Bonjour, messieurs, je suis le commandant Chanel de la brigade criminelle et nous enquêtons sur le crime de votre père. Mon assistant se joindra à moi pour cette audition préliminaire.

Les deux frères se présentèrent. Le Dr Louis Corman, l'inventeur de la morpho-psychologie, aurait adoré opposer ces deux visages. L'aîné se nommait Jacques. Un musclé sanguin, dans la belle quarantaine, du genre running et ski, yeux bleus de Viking et tenue griffée du crocodile à la gueule ouverte. Visage équilibré fait de cavités et d'arêtes, peau épaisse et mate. Dans ce contraste, on lisait le dynamisme, l'endurance, la méthode, la passion du sport et l'absence de créativité. Sans oublier l'excès d'autorité et la rigidité du duo bouche large et charnelle sous nez aquilin. François, le second fils de Fender, était le strict contraire de son frère. Le visage en rondeur et ouvert, il émettait des locutions modulées à faible voix. Il s'agissait d'un perméable, d'un fin conciliateur, doté d'une mémoire d'ordinateur. Mais ce diplomate fantaisiste devait surtout osciller entre paresse et pessimisme.

Jacques invita ses visiteurs à s'installer autour de la table et alla droit au but :

– Pour ma part, je ne voyais plus mon père depuis la mort de notre mère, il y a six ans.

– Pour quelle raison ? demanda Chanel

– Je considère qu'il est responsable du décès de maman. Elle était dépressive et son suicide à l'arsenic n'était pas étranger à son comportement de salaud.

– Un peu de respect pour notre défunt père, s'il te plaît, mon frère.

– Un sale type ! Avec tout le fric qu'il se faisait, il n'a pas été foutu de m'aider dans mes études.

– Laisse-moi rafraîchir ta mémoire, cher frère. As-tu oublié le studio du Quartier latin acheté à ton nom et que tu as revendu avec une belle plus-value pour financer tes fameuses études ?

– Trop facile ! Toi, t'étais son chouchou et il a payé pour ton train de vie dispendieux sans rechigner. Mais je suppose que tout est dans l'art et la manière.

Chanel assistait au spectacle de frères vomissant leur enfance de petits garçons gâtés, maintenus loin de leur paternel par une mère fragile et soumise. Soudain, il se leva et leur demanda de rester à la disposition de la justice jusqu'à la confirmation de leurs alibis. Alain le suivit et murmura :

– Je suis d'accord avec vous. À l'évidence, ces deux fils à papa ne présentent aucun intérêt pour l'enquête.

Derrière la porte, le majordome attendait. D'un geste ample, il conduisit ses visiteurs dans l'opulent boudoir aux tentures bleu turquoise.

– Une boisson, peut-être ?

– Non, merci. Pourriez-vous demander à votre femme de nous rejoindre sans attendre ? Les autres employés suivront et vous serez le dernier à être auditionné. Surtout, veillez à ce que nous ne soyons pas dérangés.

L'homme sortit en baissant la tête, comme pour signifier sa soumission. La mauvaise humeur de Chanel se déclara. En réalité, il détestait interroger hors du 36. Mais il pressentait qu'il y avait là une carte qui n'attendrait pas d'être jouée.

– Alain, tu prendras note de tout ce qui se dira ou de ce qui te paraîtra suspect. Mais n'interviens pas. Et si vraiment, une question te tord la bouche, passe-moi un mot.

On frappa à la porte.

– Entrez ! hurla Chanel.

21.
Sans lobe droit

« Emma se releva comme un cadavre que l'on galvanise, les cheveux dénoués, la prunelle fixe, béante. »

Dix heures avant la découverte du cadavre dans le parking Indigo.

Les chevilles de Me Fender étaient maintenues aux pieds de la chaise, et ses poignets ficelés aux accoudoirs d'un fauteuil. Un filet de bave rouge coulait le long de son cou et ses pupilles s'agitaient dans leurs orbites. Ses paupières étaient voilées d'un sparadrap et son crâne ruisselait de peur. Un brassard noir relié à un ordinateur ceignait son avant-bras. Sur l'écran, une vague bleue oscillait paisiblement.

Sa tortionnaire désinfecta et pansa les plaies avec une gaze, telle une infirmière attentive et dévouée. Pourquoi tant de précautions pour sa victime ? Était-ce le besoin de préserver sa bonne santé ? À moins qu'il ne s'agisse de lui éviter la crise cardiaque avant l'obtention de réponses à ses questions.

La femme militaire sans lobe droit consulta sa montre. Une fois encore, elle jeta un tapis sur le plancher et y posa ses deux genoux pour prier en direction de La Mecque. Quinze minutes plus tard, Yara dégagea le bâillon de la bouche de son invité.

– Comment vous sentez-vous, cher menteur ? demanda la voix métallique déformée par un micro. Je vous rappelle que mon polygraphe est très irritable. Encore un baratin et je vous coupe trois doigts d'un coup. Est-ce bien clair ?

Fender secoua la tête de haut en bas.

– Voici une vraie question : pourquoi détestiez-vous votre ami Raymond Tanneur ? Le juriste répondit du tac au tac :

– J'avais détourné deux millions de dollars sur son compte au Panama, dont j'avais la gestion exclusive.

– Bonne réponse. Vous ne semblez pourtant pas avoir besoin d'argent. Alors pourquoi ?

– Je lui devais ma carrière, mes amis politiques, mes clients… Il était un scientifique adulé, un artiste accompli, un homme de paix, une perle pour l'humanité.

– Alors, pourquoi ? Je sens que je m'énerve, là.

– J'étais jaloux à en crever. Je le détestais secrètement. Je savais qu'il gênait les associés du laboratoire qu'il avait créé en Suisse. J'ai pris contact avec eux. Deux semaines plus tard, un professeur anglais est venu à ma consultation pour me dire qu'il avait la preuve du détournement de fonds. En échange de leur silence, il me demandait d'envisager une certaine issue pour mon ami. J'ai refusé de comprendre le sous-entendu.

Yara serra les poings en voyant l'écran et jeta, les dents serrées :

– Arrête de me mener en bateau, sale chien. J'en ai vraiment marre.

Elle bâillonna sa victime, attrapa trois doigts de son prisonnier et les plaça sur sa guillotine. Nicolas Fender gesticula de toutes ses forces. La lame chuta et les doigts tombèrent.

Au bout d'un quart d'heure, l'avocat reprit connaissance. Il ne ressentait ni la douleur ni ses mains. Yara lui retira le bâillon, le gifla et revint à son sujet préféré : Raymond Tanneur.

– Maintenant, raconte dans le détail, espèce de traître. Exécution !

– Raymond était fou d'escalade et de montagne. Il devait partir en expédition. Je lui ai demandé de pouvoir vivre avec lui cette expérience. Nous sommes partis au Népal en avril. Des sherpas nous ont conduits au camp de base menant au toit du monde. Parmi les porteurs, j'avais repéré un jeune avec des yeux pleins de haine. Il portait cent vingt kilos sur le dos pour une poignée de dollars par jour. Je lui ai montré une liasse de billets que j'ai divisée en deux. S'il poussait Tanneur dans un ravin, je lui donnais l'autre moitié. Je suis resté au camp et Tanneur n'est jamais revenu de sa balade. Son corps n'a jamais été retrouvé.

– C'est plus simple de tuer à l'étranger, n'est-ce pas ? Comment puis-je récupérer les deux millions que tu as détournés ? Exécution !

– J'ai tout balancé sur le compte de ma maîtresse qui s'est offert une demeure de charme à Barbizon avec mon argent. Il ne reste plus rien. Je suis le voleur volé par cette garce.

Yara se leva et lui trancha l'oreille avec un cutter.

– Encore du baratin.

Du sang ruisselait sur le cou de l'avocat, mais l'antalgique administré le protégeait de la douleur.

– J'avoue. Il reste un million et cette putain a promis de me le remettre dimanche prochain, hurla le menteur.

– Tu vois, charogne, quand tu veux, tu peux.

La tortionnaire glissa l'aiguille d'une seringue dans une fiole et en aspira le contenu.

– Maintenant, tu vas faire un gros dodo et on se retrouve bientôt au téléphone pour un joli virement sur mon compte bancaire, dès que tu auras récupéré ce million. Vois-tu, notre agréable conversation a soigneusement été filmée. En cas de problème, je te balance, toi, ta salope de maîtresse et ton labo suisse, vu ?

– Promis, juré, je vous donnerai tout ce que vous voulez si vous me laissez la vie sauve. Je double ce million si vous me dites qui vous a envoyée pour ce sale boulot.

– Tiens ! Encore un mensonge identifié par mon appareillage. Jusqu'au bout, tu auras été une raclure.

22.
La belle « Emma »

« – Ce ne sont pas les civilités qui lui useront la langue ! dit le pharmacien, dès qu'il fut seul avec [Emma]. »

Un timide rayon de soleil traversa le boudoir bleu qu'affectionnait tant Nicolas Fender de son vivant. Le portrait d'une femme aux beaux yeux clairs en amande illuminait la pièce. Une Mme Bovary, supposa Alain sans rien dire.

La femme de Georges Mirand, le majordome, entra. Elle était décharnée, tourmentée, et son regard révélait un besoin de servitude.

– Je suppose que cette photo est celle de l'épouse de Me Fender ? demanda Chanel.

– Non. Il s'agit de la comédienne Valentine Tessier. C'est un cliché de 1933, pris sur le tournage de *Madame Bovary* dirigé par M. Jean Renoir. Un film adulé par Monsieur et visionné chaque mardi après-midi. Un moment qu'il passait sous le charme d'un bon cognac et d'un cigare. Pauvre homme, comme je suis désolée de cette fin tragique.

– Depuis combien d'années êtes-vous au service de cette maison ?

– J'y suis née, monsieur. Ma mère servait la famille de l'ancien propriétaire, le comte de Carmoy. Après la vente à Me Fender, je suis restée.

– Que pouvez-vous me dire sur ces femmes de passage qu'il habillait en Bovary ?

– Je vois que vous êtes bien informé. Saviez-vous que M. Flaubert avait résidé dans cette demeure ? Je suppose que non.

– Pouvez-vous répondre à ma question ou dois-je vous embarquer, à mon grand regret, pour une séance un peu plus musclée ?

– Veuillez excuser ma maladresse, commandant. Je vais coopérer, sans recours à la force.

Chanel apprit qu'une « régulière » fréquentait son maître, une professionnelle d'une grande arrogance douée pour le style Napoléon III. La belle « Emma » débarquait par la porte des artistes, se travestissait en marquise mélancolique et prenait avec brio la gouvernance de la maisonnée, l'espace de sa prestation. Fender adorait qu'elle joue ce rôle entre dépression, lassitude et amants de passage, qu'elle traînait sous les yeux de son riche employeur pour donner corps à l'adultère de son personnage. Cette fille avait le génie de la mise en scène et encaissait le cachet de ses prestations théâtrales en numéraire sonnant et trébuchant, remis discrètement par le larbin.

Le moment nous paraît plutôt judicieux pour évoquer le syndrome dont souffrait le brillant avocat. Quelques lignes sur le roman donneront corps à cette névrose déclenchée par le hasard.

En février 1857, Gustave Flaubert est jugé, aux côtés de son éditeur, pour « outrage à la morale publique et religieuse et aux bonnes mœurs ». Malgré le réquisitoire surchauffé du procureur et grâce au talent de son avocat, le romancier n'est blâmé que pour « le réalisme vulgaire et souvent choquant de la peinture des caractères ». Il est acquitté et, grâce à la publicité donnée à ce texte, un important succès s'ensuit en librairie. Comme d'habitude, le scandale fait recette.

Flaubert ne voulait pas qu'on dotât la couverture de son roman d'un portrait de femme, afin de laisser libre cours à l'imagination du lecteur. Un vrai coup de génie pour cet auteur qui fouillait en profondeur les âmes et la société des hommes.

L'histoire est somme toute banale : Emma Rouault, fille d'un riche fermier, a été élevée dans un couvent. Elle rêve d'une vie mondaine et, pour rompre l'ennui, épouse Charles Bovary, simple médecin sans noblesse. Mais Emma se meurt de sa vie monotone. L'invitation au bal du marquis d'Andervilliers lui redonne la joie de vivre.

Elle attend un enfant et le couple s'installe à Yonville. Déçue par la naissance d'une fille et non d'un garçon, l'ennui l'étrangle et elle n'éprouve plus aucun amour pour Charles. Elle délaisse sa fille et dépense sans compter chez son marchand d'étoffes. Emma repousse les avances de ses soupirants, puis finit par céder.

La jeune femme qui rêve de voyages et de vie trépidante n'a accumulé que des dettes. Elle demande de l'aide à ses amants qui refusent de lui prêter de l'argent. Par désespoir, Emma met fin à ses jours en avalant de l'arsenic. Charles meurt de chagrin. À la mort de ses parents, la petite Berthe est confiée à une tante pauvre qui l'envoie travailler dans une filature de coton pour subsister financièrement.

Ce monument de la littérature française est une diatribe contre la lenteur, les ravages de l'ennui et de la bêtise humaine.

Comme Flaubert, Fender détestait ses parents, avait entamé des études de droit, souffrait d'une névrose hystérique. Comme son idole, l'avocat éprouvait de la répulsion pour la société des hommes et vivait dans la nostalgie d'un autre siècle. Et s'il pourchassait les femmes, il est vrai que l'intérêt de Nicolas pour ses conquêtes était avant tout d'ordre imaginatif et cruel. D'ailleurs, il empruntait les mots de Gustave et disait : « L'activité sexuelle n'est pas nécessaire à la santé, c'est un besoin issu de l'imaginaire. »

D'après la gouvernante, M. le grand orateur du barreau avait eu sa période *Salammbô*, puis *L'Éducation sentimentale* et pour finir, il récitait des passages entiers de *Bouvard et Pécuchet.*

Chanel resta un long moment à réfléchir.

– Avez-vous l'adresse de cette « régulière » ?

– Monsieur a installé Madame à Barbizon. Je déposerai ses coordonnées dans une enveloppe avant votre départ.

Le jardinier ne savait rien, la cuisinière pas plus et Georges Mirand confirma les dires de son épouse. Leur employeur était un discret, un taiseux et ne laissait entrevoir que le strict minimum, ayant soin de creuser le fossé entre domesticité et maître des lieux.

23.
Mademoiselle Shaittana

« [...] madame Bovary changea d'allures. Ses regards devinrent plus hardis, ses discours plus libres ; elle eut même l'inconvenance de se promener avec M. Rodolphe une cigarette à la bouche, comme pour narguer le monde ; enfin, ceux qui doutaient encore ne doutèrent plus quand on la vit, un jour, descendre de l'Hirondelle, la taille serrée dans un gilet, à la façon d'un homme [...]. »

Dans la Peugeot 308 banalisée affichant deux cent cinquante mille kilomètres au compteur, Chanel ouvrit l'enveloppe et composa l'adresse sur le GPS de son téléphone.

– Alors, Alain, quelles sont tes impressions sur ces entrevues ?

– Ce Fender m'est fortement antipathique. C'est un pervers, un manipulateur-marionnettiste qui tire sur les cordes sensibles pour donner le mouvement voulu en fonction d'un scénario précis... le sien !

– Jolie tournure de phrase et compliment pour ce descriptif imagé. Mais encore ?

– Nous faisons fausse route depuis le départ. Tant que le mobile n'apparaîtra pas clairement, nous tâtonnerons. Le « syndrome Flaubert » de notre client ne nous conduira pas à la solution et je pressens que derrière tout ce fatras de crinolines se cache une solution tellement simpliste qu'elle nous échappe.

– Tu as dit : syndrome Flaubert ?

– Oui, François, j'ai pensé que cette déviance devait trouver une appellation adéquate. Je suppose que nous nous rendons chez… Emma Bovary ?

– On ne peut rien te cacher. Sache que j'apprécie chaque jour ta compagnie un peu plus, et ton approche des choses me régale.

– Sentiment partagé, cher François.

Barbizon vivait essentiellement d'une clientèle de touristes étrangers et la saison commerciale s'étendait de Pâques à la Toussaint. Grâce à une savante propagande chargée d'histoire et de culture, la planète gourmande des histoires de l'art mettait ses pas dans ceux des peintres, des écrivains, des philosophes et des comédiens célèbres qui avaient fait les beaux jours de sa célèbre école.

Au centre du village et à quelques mètres du château, Chanel trouva l'adresse d'Emma. Une large grille verte indiquait : « Chambres d'hôtes de charme ». Un lierre grimpant colonisait la façade à deux étages de ce bâtiment bourgeois sûrement hors de prix. Un maître d'hôtel aux cheveux grisonnants ouvrit sans bruit la porte. Sa forte carrure aux contours rudes impressionnait autant que son visage qui semblait avoir été taillé comme un navire de guerre. D'une voix basse et dépourvue d'expression, il demanda avec un fort accent anglais :

– Est-ce pour une chambre ?

– Nous aimerions voir la propriétaire.

– Qui dois-je annoncer ?

– Commandant Chanel de la brigade criminelle.

Un verre de sherry à la main, une trentenaire perchée sur des hauts talons sortit de l'ombre. La ligne moqueuse de ses sourcils et son aspect méphistophélique frappèrent les visiteurs. Élégante et pince-sans-rire, elle jaugea Chanel. Son visage tout en rondeur, à la bouche charnue, aux grands yeux très ouverts et au nez convexe, avait des expressions lascives. *Une spontanée, une optimiste aimable, une charmeuse attirant la sympathie*, se dit Chanel. Cette marquise conciliante-agressive était dotée d'une belle aisance verbale et souffrait sûrement de solitude, voire parfois d'un manque de discernement.

– J'ai appris par la presse le décès de Fender, et je vous attendais, messieurs. James, trois limonades au fond du jardin, ordonna-t-elle en claquant des doigts. Je supposais bien que le charmant couple Mirand ne résisterait pas à vous transmettre l'adresse de ma tanière.

– Pourriez-vous décliner vos nom, lieu de naissance et profession, madame ?

– Shaittana Beladem, dite Emma, pour les intimes. Trente-deux ans, du signe de la lionne, née dans les bas-fonds de Tunis de parents irresponsables au milieu d'une fratrie de onze enfants tous délinquants. Pute privée et tenancière de ce Bed and breakfast offert cash par mon principal et défunt client Nicolas Fender. Que voulez-vous entendre de plus ?

– Depuis combien d'années connaissiez-vous votre client ?

– J'avais seize ans. J'étais coincée dans la souricière du Palais en attendant d'être déférée devant un juge pour prostitution sur la voie publique et détention de stupéfiants. Je pleurais tout le temps, comme une môme. Sœur Marie-Ange a sollicité Fender. Il est venu, m'a regardée sous toutes les coutures, m'a demandé de retirer mes chaussures, a examiné mes pieds, puis il est reparti. Deux heures plus tard, j'étais dehors. Il m'attendait et m'a emmenée chez lui. Je suis devenue sa chose à fantasmes. Il y a un an, cette maison m'a été offerte pour bons et loyaux délires. Croyez que je n'avais aucun intérêt à le voir disparaître. Il payait mes factures et mes fanfreluches. Des questions ?

C'était une insolente, une fille du peuple contrainte d'enfiler un costume de marquise, une dangereuse. Elle n'avait jamais rencontré de femme chaussant du 46 et ne connaissait aucune relation professionnelle de son bienfaiteur. Elle s'habillait selon le bon vouloir du maître, jouait une Emma Bovary exigeante, embarquait des amants dans son salon pour qu'il se régale de ses ébats et s'ennuyait à mourir devant le film tourné par Jean Renoir.

Shaittana éclata d'un rire diabolique :

– J'en pouvais plus de voir cette pellicule en noir et blanc. C'est bien ma seule consolation. Cet homme m'a éduquée, instruite et enrichie.

Ne m'a jamais baisée ni battue. Je lui dois ce que je suis. Une femme libre ! De là à pleurer, non, désolée. Pas pour un pervers lécheur de pieds.

James arriva avec une cruche de citronnade et remplit trois verres sans un mot. Chanel se leva d'un bond.

– Madame, veuillez vous présenter au 36 quai des Orfèvres, bureau 410, pour une déposition. Disons 9 heures.

– C'est impossible ! Mes quatre chambres sont complètes et James ne peut tout faire seul.

– Si vous manquez à cette convocation, je vous envoie un fourgon blindé non banalisé et j'insisterai auprès des gendarmes pour qu'ils vous embarquent avec les menottes dans le dos. Je suis convaincu que le Trésor public serait intéressé par la provenance de votre soudaine fortune. Ai-je été bien clair, madame ?

– Vous ne buvez pas votre verre ? ironisa l'effrontée.

Chanel la transperça du regard et tourna les talons.

– Suis-je suspectée ? hurla l'ex-Emma Bovary dans un rictus facétieux.

– Demain, 9 heures tapantes, madame.

Dans la voiture, Alain l'informa qu'il ne comprenait pas cette réaction agressive.

– Avec une marquise des Anges, la règle est de prendre le dessus. Sinon, elle te dévore.

– Cette femme ne nous a rien appris de nouveau, commenta Alain. Ce n'est qu'une femme vulgaire et profiteuse qui aime l'argent facile.

Devaux appela :

– On a retrouvé notre femme à la pointure 46. On se rejoint à l'école Yabné dans l'avenue Léon-Bollée dans le 13e. Elle a pris en otage une classe d'ados et menace de tout faire sauter.

– Bordel de m… !

Chanel accrocha un gyrophare sur le toit de la voiture et fonça.

24.
École Yabné

« Le prêtre [...] expliqua même à Bovary que le Seigneur, quelquefois, prolongeait l'existence des personnes lorsqu'il le jugeait convenable pour le salut [...]. »

Lorsque Chanel arriva sur les lieux, le quartier de la porte d'Italie était bouclé par le GIGN, les hommes à la devise de « servir sans faillir ». Comme pour la double prise d'otages du 9 janvier 2015 à l'Hyper Cacher de la porte de Vincennes, le RAID s'y était joint comme l'exigeait le nouveau Schéma national d'intervention. L'heure n'était plus à la concurrence des forces, mais à l'unité et au doublement des effectifs. Plus de chasse gardée ni de frontières pour les corps d'élite. Avec une menace terroriste grandissante, les polices devaient coexister. Ce décloisonnement relevait du défi. La devise « s'engager pour la vie » du GIGN prendrait désormais une dimension nouvelle à chaque intervention. Même le syndicat des commissaires le rapportait dans la presse :

« On a du mal avec le changement dans cet état d'urgence. On est crevés, au bout du rouleau, exsangues, prêts à exploser. Attention, police en surchauffe. »

La menace était prise très au sérieux. Dans les rangs mélangés, le chef de la police rappela gravement à ses hommes :

– Face à des ennemis déterminés à nous frapper, sans volonté de négocier et dont leur propre mort fait partie de leur stratégie, nous avons besoin de forces performantes travaillant de concert.

Aujourd'hui, une nouvelle partie se jouait avec le fanatisme aveugle. Bref, intervenir au plus vite pour limiter le nombre des victimes.

Devaux attendait Chanel derrière un fourgon de CRS et, les mains nerveuses, lui fit son rapport :

– Nous sommes en alerte de niveau 5. Nous entrons dans la phase critique. L'intervention est imminente, commandant.

– On a son identité ?

– Yara Belabdi, trente ans, brancardière à mi-temps, de parents musulmans non pratiquants, sans emploi, une vague formation en informatique, quelques séjours en psychiatrie pour des attaques d'angoisse, des vols à l'étalage, accro au shit, fichée Sûreté de l'État et salafiste active sur le Net depuis six mois. Elle a été baguée : e-mails, maison, voiture et ses moindres faits et gestes sont enregistrés depuis trois ans par la DGSI. *A priori*, c'est la grosse plantade pour les Renseignements, parce qu'ils n'ont pas daigné nous transmettre son profil. C'est notre suspect numéro un pour le crime de Fender, et on confirme la suspicion de son chef de service pour un vol de Skenan à la pharmacie de la clinique Alleray où elle travaillait.

– Et qu'est-ce que cette foldingue vient foutre dans cette histoire d'attentat ?

– Aucune idée, François. Rapport entre Fender et la prise d'otages ? Là, je nage. On a manqué un épisode entre notre client et Daech ? La dingo du parking n'est jamais partie en Syrie et a été recrutée sur le Net par un sunnite, un certain Brahim. Ça sent les promesses de mariage bidon avec vie merveilleuse au paradis garantie. On frôle la démence religieuse, et comme d'habitude, les parents sont aussi surpris qu'atterrés.

Les trois militaires de faction devant l'école avaient été abattus froidement et le surveillant s'en sortait avec une balle dans la jambe. L'enseignant religieux avait encaissé une balle dans la nuque et une assistante stagiaire gisait dans le couloir, la gorge tranchée au cutter. Un vrai carnage et les hostilités ne faisaient que commencer.

Les télévisions avaient débarqué et les journalistes titraient déjà « *Woman bomb*, le terrorisme frappe Paris une fois encore ». En quelques minutes, l'information relayée par les réseaux sociaux serait sur tous les portables du monde. Une belle vitrine pour une organisation terroriste.

Le ministère de l'Intérieur avait demandé un rapport sur les candidats au départ en Syrie. Quarante pour cent étaient des femmes converties, de classe moyenne ou supérieure. Les recruteurs djihadistes entraient en contact avec elles sur Internet et trouvaient vite le point sensible. Le discours évoluait, elles tombaient amoureuses, l'étau se resserrait à l'aide d'avalanches de SMS ou de vidéos de propagande. D'un coup, elles étaient convaincues de leur mission de sauver le monde.

Avec des méthodes qui rappelaient celles des sectes, son combattant-gourou allait embrigader Yara et lui commanditer un attentat contre la communauté israélite. Par amour pour lui, elle agirait.

Cette école de confession juive inaugurée en 1965 offrait le luxe d'une salle de sport et d'un réfectoire. C'était le plus grand collège et lycée juif de France. Il comptait plus de mille élèves, de la maternelle à la terminale, et se situait quarante-septième sur cent neuf au niveau départemental en matière de qualité d'enseignement. De ses murs étaient sortis de grands professeurs, aussi bien en cardiologie qu'en mathématiques ou en philosophie.

La communauté israélite tremblait. La démocratie retenait son souffle. La France avait les yeux rivés sur les écrans. Le grand rabbin, le préfet et le ministre de l'Intérieur appelaient au calme.

Un pacificateur, docteur en psychologie clinique et agent très spécial rodé à la négociation, s'avança devant l'école les mains en l'air. Après palabres rassurantes de part et d'autre, il entra, confiant. Depuis dix ans, le recours aux services de ce type de professionnels était monnaie courante et leurs exploits reconnus sans contestation.

Une déflagration transperça les lieux.

La forcenée avait abattu l'envoyé aux pourparlers et hurlait de rire comme une hyène. Fin des négociations et des civilités.

Dans la minute qui suivit, la terroriste organisa une mise en scène avec son et lumière sur YouTube. *In situ*, elle filma avec son téléphone l'horreur qui se déroulait dans cette classe. Les paumes sur la tête, trente adolescents de terminale faisaient tapis sur le sol. Yara obligea une fille à rassembler les kippas au centre de la salle. Avec un briquet Zippo, elle incendia les étoffes, en dansant autour. Elle attrapa une adorable jeune fille au regard de biche affolée et lui colla le canon d'acier dans la bouche. Elle compta jusqu'à trois, et tira en hurlant sa joie. L'adolescente chuta, inerte.

Une cellule de crise s'organisa dans un camion blindé pour examiner les angles de tir possibles. Yara exhibait à l'écran sa ceinture explosive et une télécommande. L'air d'une possédée, elle hululait comme si elle participait à un mariage kabyle. YouTube n'avait toujours pas bloqué cette vidéo et la planète assistait, médusée, à l'assassinat de jeunes innocents sans défense. La terroriste attrapa une autre jeune fille et lui enfonça le canon dans la bouche. Un, deux, trois. Elle tira en riant. À nouveau, elle releva un jeune garçon, lui enfonça le Mauser entre les lèvres, compta jusqu'à trois et tira.

À ce rythme-là, dans quinze minutes, il ne resterait que la salafiste et son envie de finir en morceaux aux quatre coins de la pièce.

Les tireurs d'élite ne disposaient d'aucun angle de tir. Entrer de force n'était pas envisageable et les caméras avaient bien identifié une ceinture explosive de confection artisanale et potentiellement en parfait état de fonctionnement. À la moindre intervention, c'était la boucherie assurée.

Soudain, elle consulta sa montre et sortit un minuscule tapis d'une poche, tomba sur les genoux et pria en direction de La Mecque, la télécommande dans sa main droite. En se relevant, elle dégagea une tablette Apple d'une poche de son pantalon et glissa quatre pictogrammes dans un dossier. Elle ouvrit une application créée par ses soins et libéra un large sourire carnassier. Sa formation en informatique payée sur les deniers des contribuables servirait enfin. Un fichier se chargea. Grâce à cet outil, elle put afficher sa scène de théâtre à la vue de tous. Ainsi, le monde admirerait son œuvre de vengeance. Ce que vivrait la planète en direct sur Snapchat, Facebook, Instagram et Twitter ferait le tour du monde en *live*. Personne ne pourrait arrêter son cinéma d'épouvante pendant au moins trente minutes. Puisque le

XXIe siècle brandissait son arme de communication comme un étendard, elle montrerait l'innommable aux mécréants d'Europe.

Elle hurla :

– Pour toi, Brahim, mon amour ! Nous unirons nos vies au paradis. Que la volonté d'Allah soit faite.

Pour elle, après cet événement, perpétré au nom d'un intérêt barbare et virtuel, l'humanité civilisée tremblerait à l'évocation de son prénom.

Dans cette classe, une grande page de l'histoire des hommes libres se tournait sur un écran minuscule. Soudain, l'incroyable se produisit. Alors que Yara relevait par les cheveux une jeune fille, les vingt-sept survivants de cette brillante classe de terminale S se ruèrent d'un bond sur la meurtrière. On la sépara de sa télécommande de mort et de son arme. Yara se dégagea à coups de poing et dénuda son cutter. Un jeune homme tremblant avait récupéré le Mauser. Derrière lui, les adolescents protégeaient leur soif de vivre.

En hurlant, la démente se jeta sur le groupe, sa lame en baïonnette. En fermant les yeux, le gamin vida sur elle le chargeur. Rien ne serait plus comme avant. Plus jamais.

Sept milliards d'humains visionnèrent cette scène de légitime défense. Un commentateur dirait sur la BBC : « Les autorités ont demandé que le nom de cette terroriste soit tu. Désormais, aucune couverture médiatique ne sera offerte aux crimes de ce type. Aujourd'hui, le terrorisme publicitaire est mort. Définitivement. »

25.
Piétinements

« Après un désespoir, il en venait un autre, et toujours, intarissablement, comme les flots d'une marée qui déborde. »

De retour dans le bureau 410, l'équipe Cha fit silence. Le commandant tourna une page blanche du chevalet de conférence et nota :

« Yara Belabdi. Nicolas Fender. État islamique. »

Il y ajouta un point d'interrogation. Rien ne collait. En une phrase courte, Alain affirma avec conviction que la relation entre la criminelle et la victime du parking était indépendante de ce délire d'attentat-suicide. Sans rien étayer, il optait pour un meurtre guidé par un désir de vengeance strictement personnel.

Le profil de la jeune femme improvisée terroriste arriva par un e-mail des services de renseignement. Yara était née d'un couple aimant qui résidait dans un quartier bourgeois. Ses trois frères et sœurs avaient poursuivi de brillantes études. Elle seule s'était trouvée en échec scolaire. À la fin de l'adolescence, son comportement avait évolué vers une violence contre elle-même : elle pleurait sans cesse, refusait les règles établies par une société « décadente » et rejetait le regard des autres. « Elle dormait avec plusieurs couches de culottes et de soutien-gorge », soulignait le rapport d'un psychiatre qui concluait qu'une peur de la féminité et du désir des hommes l'avait poussée à se convertir et à porter le voile. À deux reprises, elle avait été arrêtée à la frontière turque et sanctionnée par le port d'un bracelet électronique durant onze mois. Depuis deux ans, elle faisait l'objet d'une fiche « S » et ses connexions étaient suivies régulièrement. *A priori*, rien à signaler à part une soudaine envie de reprendre des études en informatique.

Un second fichier se signala sur l'écran de Devaux, avec une image en pièce jointe. Sur la photo, Yara était attablée avec les trois ex-secrétaires de Fender : Fanny, Fatima et Marion. Une fois encore, Alain avait vu juste : une revanche de femmes était le mobile, et la preuve d'un lien obscur et coupable entre elles se tenait sous ses yeux.

Le visage de Chanel s'éclaira. Il décrocha son téléphone et demanda à Éric Pamiès trois mandats d'amener à solliciter au juge des libertés avec recours à la force publique, histoire de mettre en condition les menteuses. Un détour par le « dépôt des femmes » semblait un préalable pour les mettre en condition puisqu'il s'agissait, du moins en apparence, d'une affaire de terrorisme. À peine avait-il raccroché que la divisionnaire appelait :

– Commandant, je croyais vous avoir demandé de m'informer de l'avancement de l'enquête Fender.

– Après des piétinements, nous avançons à grands pas.

– Et vous imaginez que l'ânerie que vous venez de me balancer tient lieu d'information ? Ne seriez-vous pas en train de vous foutre de moi ? Dans mon bureau, immédiatement.

Chanel frappa à la mythique porte capitonnée 315.

– Entrez donc, commandant. Comment expliquez-vous que je sois à deux doigts de vous sermonner comme un enfant ?

Les poings serrés dans le dos, l'impossible « Mlle Maigret » se tenait devant la fenêtre qui donnait sur les berges.

– Sachez que je n'aime pas vos manières. J'apprends à l'instant que vous sollicitez trois mandats de dépôt au juge des libertés, de surcroît avec comparution immédiate. Je vous écoute.

– Des doutes sur trois personnes nous conduisent à penser qu'une solution pourrait immerger de ces auditions.

La divisionnaire s'installa sur la chaise et envoya des regards à cent mille volts.

– Vous vous fichez de moi, c'est ça ? Je vous demande le pourquoi de cette demande à Pamiès et vous me répondez comme si j'étais la dernière des cruches. Je goûte énormément votre comportement. Êtes-vous conscient que d'un claquement de doigts, je peux vous dessaisir de cette affaire ?

– Mais vous n'en ferez rien.

– Où en êtes-vous, commandant ?

– On approche de la résolution. J'ai besoin d'une carte blanche et d'une ordonnance d'incarcération immédiate pour ficeler ce dossier.

– … et en aucun cas d'une emmerdeuse, pas vrai ? Décidément, je n'aime pas vos manières. Si dans trois jours, vous ne m'apportez pas une conclusion, je vous débarque avec joie et insisterai pour une mise à la retraite anticipée ou pour vous reléguer au fond d'un obscur placard à balais. Sortez !

Chanel leva les yeux au plafond, tourna les talons et referma calmement la porte matelassée de cuir noir. Plus il se frottait à cette femme de tête, plus il l'appréciait.

26.
Article 122

« – Mais, moi, je t'aurais tout donné, j'aurais tout vendu, j'aurais travaillé de mes mains, j'aurais mendié sur les routes, pour un sourire, pour un regard, pour t'entendre dire : "Merci !" [cria Emma Bovary]. »

Le lieutenant Lehr se présenta au 15 rue des Martyrs avec deux agents afin de cueillir la jolie demoiselle Fanny Azoulay. Il sonna trois fois à la porte blindée avec cornières et n'obtint aucune réponse hormis les gémissements d'un chat malheureux. Le gardien de l'immeuble l'informa qu'il ne l'avait vue ni sortir ni entrer et que le courrier de la boîte aux lettres n'avait pas été relevé depuis trois jours. Chanel lui assura qu'un mandat pour entrer et fouiller lui avait été accordé et qu'il était couvert pour intervenir légalement.

Lehr avait repéré l'échoppe d'un serrurier deux numéros plus loin. L'artisan ouvrit de grands yeux en lisant la plaque du lieutenant de la brigade criminelle. Sans parler, il attrapa ses outils et le suivit à l'injonction : « Réquisition pour cas de force majeure. »

Le serrurier confirma que la porte n'était pas verrouillée de l'intérieur. Le mécanisme résista sept minutes. Un chat blanc se faufila entre les jambes de l'ouvrier et disparut dans l'escalier en feulant. Une odeur de litière surchargée se répandit et le premier réflexe de l'agent fut d'ouvrir en grand les fenêtres. L'appartement semblait vide et une valise pleine abandonnée attestait d'un départ précipité.

Des petits cœurs et des papillons décoraient les murs blancs et l'atmosphère des lieux s'apparentait à celle d'un salon d'esthéticienne avec bâtons d'encens, diffuseurs de parfum et autres bouddhas rieurs en renfort. Dans la cuisine, les tiroirs et étagères du réfrigérateur étaient posés sagement sur l'évier. À part ces bacs en plastique, rien d'anormal.

Alors qu'ils ressortaient, Lehr entendit un moteur se déclencher. Un processus de réflexion s'installa dans sa tête : pourquoi vide-t-on les étagères ? Pour les laver. Et dans ce cas, n'éteint-on pas l'appareil ménager ? Alors, pourquoi fonctionnait-il encore ? Pour faire de la place ? Et y mettre quoi ? Il retourna dans la cuisine et ouvrit le réfrigérateur. Le corps de l'ex-mannequin occasionnel était recroquevillé à l'intérieur, le thermostat poussé à son maximum. Le lieutenant s'éloigna et composa le numéro de Chanel. Trente minutes plus tard, l'équipe technique et scientifique sécurisait les lieux.

Au même instant, le lieutenant Dos Bastos sonnait à la porte d'un modeste pavillon situé dans une impasse du quartier du Fond-de-la-Noue à Villeneuve-la-Garenne. Une simple visite de routine, pensait-il. Sous la sonnette, « Muller » était écrit en rose. Aucune réponse de l'ex-secrétaire au lourd crédit immobilier et au conjoint aux abonnés absents. Il fit le tour de la propriété en regardant à travers les carreaux. Apparemment, pas d'effraction visible.

Une voisine ouvrit une fenêtre et le menaça d'appeler la police. Dos Bastos exhiba sa plaque et lui demanda si elle avait vu sa voisine récemment. Elle désigna la Clio de la jeune femme garée dans l'impasse et s'étonna de son absence. Le lieutenant s'éloigna et composa le numéro de Chanel. Sous couvert de l'article 122 du Code de procédure pénale régissant le mandat d'amener, il fut autorisé à entrer dans le domicile privé par tout moyen.

Il sonna, en vain une fois encore. Sa main se posa instinctivement sur la clenche. La porte était ouverte. Un bruit de fenêtre suspect l'inquiéta. Il sortit son arme de service de son fourreau et poussa la porte sans bruit. Les deux mains sur la crosse à hauteur d'épaule, il avança à pas comptés comme pour une procédure d'arrestation en flagrant délit. Dos Bastos visita le rez-de-chaussée avec une extrême prudence. Une fenêtre claqua au premier étage. Une forte montée d'adrénaline s'infiltra dans les veines du lieutenant.

On le lui avait martelé durant ses entraînements : on ne se déplace jamais seul sur une intervention. Mais l'idée de se retrouver nez à nez avec la terroriste l'excitait. S'il parvenait à la bloquer, son action aurait des retombées sur sa carrière. La fenêtre claqua

nouveau. Il emprunta l'escalier en longeant le mur. En face de lui, deux portes. À tout moment, la fille qui chaussait du 46 pouvait surgir. D'un geste fauve, il poussa sur la poignée et se rabattit contre le chambranle. Le bureau était vide. Pour la seconde porte, il usa de la même manière.

Marion Muller était allongée sur son lit. Deux doigts posés sur la veine jugulaire confirmèrent la mort de la jeune femme. Les marques violacées sur son cou ne laissaient aucun doute sur le *modus operandi* du criminel : strangulation. Quarante minutes plus tard, l'équipe technique et scientifique investissait le quartier.

De l'autre côté de Paris, au fond d'une cour de la rue d'Alésia, Poivre frappait à la porte de la gardienne. Un rideau vichy laissa entrevoir un œil vitreux. Accompagné de deux agents en tenue, le lieutenant posa sa plaque sur la vitre et s'enquit de l'étage de l'appartement de Fatima Schneider, ex-secrétaire juridique devenue extralucide par défaut. La porte s'ouvrit. D'un jet, il reçut au visage la diatribe d'une femme aux relents de pastis et de cigarette mentholée :

– La brigade criminelle ? Seigneur, j'en étais sûre. Toute cette magie noire devait se terminer dans un bain de sang.

– Quand avez-vous vu Mlle Schneider pour la dernière fois ?

– Dois-je supposer qu'elle est accusée d'un crime par envoûtement ?

– Je ne peux rien vous dire, madame. Nous souhaiterions l'interroger, rien de plus.

– L'interroger sur un crime, n'est-ce pas ? Ne cherchez plus, c'est elle la coupable ! Et je peux affirmer que chez elle, ce n'est pas un appartement, mais un cabinet de sorcellerie avec salle d'attente pour l'enfer. Pourtant, la copropriété est claire : pas de profession libérale non réglementée. Malgré nos remontrances, elle est passée outre, la diablesse.

– Vous n'avez pas répondu à ma question, madame.

– Et vous n'avez pas entendu ma réponse, monsieur le commissaire. Ce n'est qu'un lieu pour recevoir des possédés. Madâme Lucifer n'habite pas ici et je n'ai pas son adresse. Le syndic non plus et elle n'a plus reparu depuis au moins trois jours, la démone. Deux personnes sont déjà venues me voir hier midi, parce qu'elles avaient rendez-vous. Aucune nouvelle de Madâme, ce ne peut être qu'elle la coupable. Venez boire un verre, j'ai des choses à vous raconter, parce que je guette cette femme depuis son arrivée.

Poivre déclina l'invitation. Il s'éloigna de l'haleine anisée et composa le numéro de Chanel. Vingt minutes plus tard, le commandant arriva avec Domitille, un serrurier et un mandat. Alain souffrait d'un comportement neuro-atypique qui semblait annoncer une nouvelle crise d'épilepsie. Il avait préféré se retirer et avait refusé de les accompagner.

Sur la porte du rez-de-chaussée, la plaque restait discrète et explicite à la fois :

« Fatima Schneider – Sur RDV uniquement ». L'artisan libéra le mécanisme de fermeture à l'aide d'une simple plaque de métal et les recherches commencèrent dans l'antre de la pythie. Ni corps, ni trace de violence, ni départ précipité. Seulement un décorum de train fantôme avec crâne humain, jeu de tarot de Marseille, pendules et boules de cristal. Accrochée aux murs, la panoplie des diplômes de radiesthésiste, d'hypnose et de reiki aux nébuleux organismes de formation. Dans l'un des tiroirs, un pistolet à deux coups, une bombe lacrymogène, des crucifix en pagaille et des amulettes. Dans un coin de la pièce aux murs peints en noir, une statue de sainte Rita et une autre de la Vierge Marie. Sur un lutrin, un livre ouvert, intitulé *Le Livre des esprits*, et sur la droite, un divan couvert de coussins indiens.

Chanel découvrit une carte du jeu de tarot posée sur une toile parée de miroirs scintillants. C'était l'arcane du Diable. Le décor produisait son effet et portait aux confessions. Pour favoriser ces dernières, l'espace était aménagé de façon à détendre les esprits et offrir un lieu où délivrer les secrets les plus inavouables.

Sous un tissu, un ordinateur ultracompact clignotait pour signaler une batterie en souffrance. Poivre sortit, le portable sous le bras, afin de le confier au service informatique. Dans la cour, la gardienne attendait de libérer son témoignage à charge. Chanel se présenta et lui demanda si elle avait croisé une femme de forte corpulence et avec de grands pieds.

– Souvent ! Elle venait au moins une fois par semaine, voire plus. Une fois, je l'ai entendue se faire appeler Yara, je crois. Elle s'habillait en militaire.

Chanel lui montra la photo de la terroriste.

– C'est elle ! Oui, c'est bien sa tête de folle. Parfois, elle arrivait avec d'autres femmes, et une autre fois, une adolescente les accompagnait. Elle était là il y a deux jours et a frappé à la porte de la diablesse avec insistance.

– Voici deux photos. Les reconnaissez-vous formellement ?

– C'est bien ces femmes, ma main à couper. Il y en avait aussi une autre, plus à l'écart, une toute petite, je crois.

Chanel lui tendit une carte de visite et lui demanda de se présenter le lendemain à 9 heures à son bureau pour signer sa déposition.

– Il y a donc une quatrième conspiratrice dans ce complot de femmes. Domitille, vous chercherez parmi les ex-secrétaires de Me Fender. Trouvons le vrai domicile de Fatima Schneider. Il est à parier que cette affaire s'éclaircira enfin.

– Si elle est vivante. Je vous rappelle que ses deux amies n'ont pas survécu.

– J'ai aperçu l'autre jour un iPhone dans son sac et nous connaissons son numéro de portable. Ne pourriez-vous pas solliciter à nouveau votre frère pour une… localisation ?

Domitille sourit et répondit :

– Le premier réflexe d'un fugitif est d'éloigner ou d'éteindre son téléphone. Parions plutôt sur l'historique de son Mac Pro.

À leur retour quai des Orfèvres, le portable de Chanel sonna. Il écouta, puis raccrocha.

– L’ordinateur de Fatima a parlé. Nous savons où elle se cache grâce à une réservation de chambre sur un site de locations de vacances. L’enquête de voisinage autour des scènes de crime des deux malheureuses jeunes filles assassinées nous dira si la silhouette de Yara était dans les parages le jour des meurtres.

27.
Mort et Bateleur

« Une hardiesse infernale s'échappait [des] prunelles enflammées [d'Emma]. »

Dans l'encoignure d'une alcôve aux tentures grenat et or, Fatima Schneider se rongeait les ongles jusqu'au sang. Depuis trois jours, le remords l'empêchait de dormir et de manger. Et de vivre. Au petit matin, une crise d'angoisse lui avait tordu l'âme. Ses mains tremblaient et son cœur se serrait. Tout était sa faute. Comme si le diable en personne avait guidé sa main. Comme si le poison de sa haine envers Fender avait été plus fort que la bienveillance qu'elle prêchait tel l'apôtre.

Yara était venue à elle pour une consultation. Son avenir l'inquiétait. Sa foi grandissante l'épouvantait aussi et elle espérait trouver un chemin avec l'aide d'un guide spirituel. Les victimes étalées dans la presse et tombées sous ses balles étaient de sa responsabilité. Seule sa minable vengeance avait compté.

Un an plus tôt, la jeune fille un peu paumée s'était confiée à la voyante en découvrant le jeu de cartes s'abattre sur son bureau. Elle n'y comprenait rien, mais ce Mort, ce Bateleur et autres arcanes « magiques » l'avaient perturbée. Et il n'avait plus manqué que le talent d'un islamiste radical pour orienter son bras et faire naître sa démence religieuse.

À trente ans, Yara Belabdi n'avait pas connu l'étreinte d'un homme et encore moins la tendresse d'une mère. Trop forte, trop masculine, trop repoussante. Très tôt, elle avait subi le rejet de son entourage, et ses écarts de langage comme sa violence soudaine l'avaient mise définitivement sur la touche. Le shit avait calmé sa rancœur et elle s'était enfermée dans les jeux vidéo. Un matin, elle était entrée dans une mosquée. Un imam de passage aux yeux incandescents avait posé son regard sur elle. Il lui avait dit dans le creux de l'oreille que Dieu l'attendait, la regardait depuis longtemps et qu'une mission lui serait bientôt confiée.

Elle avait cherché sur le Net et laissé ses coordonnées sur des forums d'opinion. Un homme avait pris contact avec elle, un certain Brahim, et s'étaient ensuivies de longues conversations. Deux mois plus tard, il lui avait avoué son amour et lui avait demandé de le rejoindre à Mossoul pour célébrer leur union. Sans informer son entourage, elle était partie pour se marier. La police des frontières l'avait interceptée, puis fichée « S » et salafiste active.

Durant douze mois, la DGSI avait enregistré ses activités. Mais depuis un an, la surveillance s'était fortement émoussée. D'ailleurs, Brahim ne donnait plus signe de vie et le haschich en continu avait abruti sa foi.

Dans la publicité d'une voyante au regard pénétrant, Yara avait lu : « Si l'homme de ta vie s'est éloigné, si une mission t'appelle, si tu cherches le chemin, viens à moi, tu sauras. » Cette phrase avait tourné en boucle dans sa tête. Elle avait appelé et consulté Fatima. Avec la promesse de rejoindre bientôt Brahim, elle avait retrouvé la joie de vivre. Semaine après semaine, la voyante s'était attachée à sa consultante naïve. Contrairement à ses habitudes, Fatima l'avait invitée à dîner et une amitié s'était dessinée.

L'extralucide mûrissait un projet de longue date : celui de faire mordre la poussière à son ex-employeur, Fender, et de lui soutirer le pactole. Avant de quitter l'étude, elle avait fouillé et trouvé le classeur des bulletins de paie de ses prédécesseurs. Trois femmes salies, comme elle – Tina, Marion, Fanny. Elles s'étaient retrouvées clandestinement et toutes avaient confirmé la perversité de Fender.

Un soir, la voyante leur avait exposé ses projets de représailles. Il fut décidé que chacune listerait les moyens envisageables pour le coincer et préparer, ensemble, une vengeance commune. Au second rendez-vous, Fatima avait entraîné Yara dans sa réunion de femmes blessées. Pour la première fois de sa vie, la jeune femme intégrait une bande de copines.

Elle disparut durant trois semaines, puis revint vers ses amies. Un soir, elle leur confia que son grand amour, Brahim, avait renoué contact et qu'il appartenait à une mouvance terroriste. Ce qu'elle ne dit pas, c'est qu'il lui avait demandé, au nom de Dieu, une action forte, en tant que fiancée d'un soldat de la juste cause.

Le crime terroriste avait alors semblé à Yara le plus évident, le moins banal, le plus salutaire, le plus chaotique. Elle voulait impressionner, obtenir la reconnaissance, devenir une idole et une sainte. Ni psychotique ni psychopathe, cette fois-ci. Seulement le massacre d'inconnus, avec une préparation méthodique. Un meurtre de masse, comme pour tuer à la chaîne le plus de gens possible avec un minimum de moyens. S'attaquer à des personnes sans défense qui n'ont aucune raison de se méfier devint une obsession. Il s'agissait de brandir un symbole et tant pis pour les innocentes victimes. Uniquement des impurs, donc des moins-que-rien. Seule la publicité autour de cette scission de la société lui importait. L'ampleur de son attaque serait une preuve d'amour livrée à Brahim, puisque comme pour tous les autres attentats avant le sien, un écho maximum sur les réseaux sociaux comme dans la presse lui serait accordé.

La médium soupçonna que Yara était candidate au martyre et de fait, à la célébrité kamikaze. *Ce projet agit sur cette jeune femme en souffrance comme une jouissance narcissique*, se disait Fatima, sans prendre conscience de la gravité de sa responsabilité en tant que voyante-confidente. *Mourir glorieusement en tuant des cafards non religieux, cela fera de moi une star du califat*, résumait pour elle-même la soldate idéaliste et obéissante à un mari virtuel.

Toutefois, le processus de mise en vedette avait été identifié depuis peu et la presse évoquait le terrorisme aveugle, mais en omettant désormais systématiquement le nom et la personnalité des criminels.

Aussi, personne ne saurait qu'elle avait été l'instrument de ce chaos. On avait évoqué l'acte d'un « déséquilibré raciste ».

Un soir, Yara avait appris que Tina, la plus jeune et la plus fragile de la bande des cinq filles, s'était suicidée. Depuis qu'elle avait été violentée par Fender, elle n'était pas parvenue à sortir d'une dépression dévastatrice. Yara se leva et promit d'agir contre cet homme qui n'aimait pas les femmes, un impur que seule une souffrance extrême guérirait. Ce soir-là, elle promit à ses copines de ne pas tuer Fender et le jura sur sa foi.

D'après Marion, le coincer dans le parking était une solution efficace et sans risque. Pour connaître l'heure de sortie du bureau, il suffirait de se faire passer pour le secrétariat et de demander si le personnel devait laver sa voiture le soir même. S'il refusait, on pourrait en déduire qu'il sortirait vers 19 h 30. Dans le cas contraire, il ne rejoindrait son véhicule que vers 21 h 30. À la minute près, l'avocat ne dérogeait jamais à ses mécanismes routiniers maladifs.

Fanny sortit une clé électronique et la tendit à Yara en lui indiquant qu'elle trouverait une carte d'abonnement OPnGO dans la boîte à gants pour sortir du parking.

– C'est le double des clés de sa Jaguar. Pour me venger, je les lui avais piquées. Profites-en pour le faire parler de son meilleur ami, un certain M. Tanneur. D'après ce que j'ai entendu, il l'aurait volé et fait tuer par un complice au Tibet. Il sera terrorisé à l'idée que quelqu'un soit au courant du crime. J'en jouis d'avance, les filles.

Les secrétaires souillées par le perfide fêtèrent leur victoire et levèrent leur verre :

– À Tina ! Vengeance !

Le surlendemain, la presse étalait la sauvagerie du meurtre de Me Fender.

Yara avait ensuite pris contact avec Fatima, car elle se sentait manipulée. Avec une voix pleine de rage, une dernière consultation et une explication de vive voix furent exigées. La voyante avait accepté le rendez-vous pour lui donner le change. Mais à peine raccroché, elle avait tenté d'avertir Fanny et Marion en les invitant à prendre le large dès que possible. Aucune n'avait répondu.

Fatima avait plié bagage et s'était réfugiée trois jours auparavant dans une chambre d'hôtes. Pour connaître son avenir immédiat, elle battait toutes les heures son jeu de tarot et retournait quatre cartes sur le couvre-lit. La Justice sortait invariablement, suivie du Jugement et de la Maison Dieu. Une catastrophe arrivait à grands pas.

On frappa à la porte. Deux hommes entrèrent en exhibant une carte de la police criminelle.

28.
Coup d'avance

> *« [Charles Bovary] avait la tête renversée contre le mur, les yeux clos, la bouche ouverte, et tenait dans ses mains une longue mèche de cheveux noirs. »*

Le médecin légiste Pratt confirma la même date avec deux heures d'écart pour les meurtres de Marion Muller et de Fanny Azoulay. La trace du gant sur les deux gorges ne laissait aucun doute : elles avaient été étranglées par une grande main. L'enquête de voisinage avait abouti à l'identification de Yara dans le quartier.

Dans la cuisine, les techniques identifièrent l'empreinte d'une paire de baskets laissée après le lavage du sol, juste avant l'arrivée de l'assassin. Pointure 46.

Fatima était repartie du gîte les menottes aux poignets. Enfermée dans la souricière tenue par les sœurs dans les sous-sols du 36 quai des Orfèvres, elle n'avait pas fermé l'œil. Sa voisine de cellule pleurait, une autre gémissait. Cette cage pour femmes coupables crissait de douleurs entre ses murs suintants de remords.

Une religieuse entra dans son espace à barreaux et s'installa sur une chaise :

– Je suis sœur Marguerite et je reste dans le secret du Christ. Les mots que nous échangerons ne regarderont que nous. Depuis votre arrivée, vous n'avez ni mangé ni même sourcillé. Comment puis-je vous aider, ma fille ?

Un splendide sourire de bienveillance illuminait le visage de cette sœur septuagénaire. Fatima ouvrit la bouche pour la remercier de prendre du temps pour elle.

– J'ai tellement péché, ma sœur. J'ai même idolâtré le diable, jusqu'à en faire une source de revenus. Saviez-vous qu'il existe des fanatiques, des gens prêts à tout pour assouvir leurs besoins les plus odieux ?

– Je vous écoute, ma fille.

– J'ai pactisé avec Belzébuth, ma sœur. J'ai exploité la folie d'un homme qui me payait pour obtenir un philtre destiné à hypnotiser les jeunes filles pour qu'il puisse les violer dans leur sommeil. J'ai même donné du sang de mes menstrues à boire à une femme obnubilée par ses rides, afin qu'elle retrouve sa jeunesse. Et je ne compte plus les couples séparés pour satisfaire la jalousie. J'ai honte. Oh, comme j'ai honte de mes actions, ma sœur !

– L'enfer est pavé de bonnes intentions. Mais dans ces exercices périlleux, ne vous êtes-vous pas montrée bienveillante ?

– Parfois, mais seul l'intérêt commandait. Au contact de ces gens barricadés dans leurs désirs, j'en étais même venue à croire que je détenais vraiment un pouvoir magique. Quelle prétention !

– Il faudra vivre avec cette culpabilité, et il vous reste une vie entière pour vous pardonner. Êtes-vous bien certaine de n'avoir aucun pouvoir extrasensoriel, ma fille ? Je sens en vous cette prédisposition.

Combien de femmes avant elle étaient passées par cette cellule de misère ? Combien s'étaient confiées à sœur Marguerite ? Combien avaient retrouvé le bon chemin ? La religieuse avait vu juste. Comment expliquer qu'elle avait ce don du « coup d'avance », cette capacité à identifier ce qui se réaliserait. La sœur caressa le dos de la main de la prisonnière. Elle se leva, sortit en silence et verrouilla la porte d'acier.

– Cherchez l'intrus derrière la lumière, mademoiselle. Vous devriez vous confier à ceux qui vous interrogeront. Que le Seigneur guide vos pas désormais, ma fille. Je garde espoir que ce pouvoir sera un jour à la disposition désintéressée de ceux qui souffrent.

Dans la bienveillance est le salut.

Fatima chercha un indice dans son passé. Sa première rencontre avec Yara avait été plutôt houleuse. La voyante avait ce jour-là une heure de retard et Yara enrageait en tournoyant dans la cour comme un tigre blessé. En conservant une distance de sécurité avec la géante, la gardienne l'avait sommée de déguerpir. Elle avait reçu un poing tendu en guise de réponse.

La locataire du premier étage était enfin arrivée. Yara avait foncé sur elle pour déverser sa colère. Cette impressionnante femme serait sa première cliente. La voyante avait levé la paume de sa main à la hauteur du visage de la fanatique et, tout en baissant d'un ton, avait attesté :

– J'ai des choses importantes à vous révéler sur ce garçon, au loin. Croyez que ce retard est indépendant de ma volonté. Suivez-moi sans reproches ou partez sans violence !

La jeune femme aux grands pieds et aux cheveux crépus avait instantanément été désamorcée par le flash clairvoyant sur ce « garçon au loin ».

Fatima avait installé sa première consultante dans la minuscule salle d'attente fraîchement peinte et l'avait reçue quinze minutes plus tard. Un quart d'heure pour ramener le calme et le respect dû au praticien. À peine installée, Yara avait déballé son sac de souffrances, comme une Cocotte-Minute sous pression. Elle se considérait comme étant sous le joug d'une malédiction, une sorte de sortilège africain jeté par sa tante, alors qu'elle était dans le ventre de sa mère. Cela tournait à l'idée fixe. La réussite de ses frères et sœurs constituait une blessure béante savamment entretenue par ses parents. Médecin, juriste, ingénieur. Et la petite dernière, une moins-que-rien. Voilà le message insidieux distillé par une mère à la tendresse asséchée après un mariage forcé.

D'un coup, Yara avait grandi démesurément. Cette croissance vertigineuse avait infligé à sa peau des craquements d'épiderme dans le dos et des vergetures hideuses sur les jambes. Cette poussée d'hormones contrariée l'avait hissée au mètre quatre-vingt-cinq en moins de six mois.

Le cocktail explosif était fin prêt pour glisser vers des comportements à risque et une scolarité houleuse. Le résultat de ces dysfonctionnements n'avait pas tardé à se mettre en place : refus de la féminité, délinquance, susceptibilité, rejet des valeurs de la famille, petits boulots minables et peur de l'avenir.

Ses pupilles vertes enfoncées dans celles de Yara, la sorcière au don empirique était en forme, pour cette première consultation.

– Chère madame, votre destinée prend un tour nouveau et je vois un changement radical, grâce à une soudaine notoriété. C'est comme si vous passiez à la télévision devant toute la planète.

– Vous êtes sûre ? Pourtant, je n'ai aucun talent. À part peut-être pour l'informatique. Êtes-vous vraiment certaine ?

– Oui, je vous vois en tête de liste sur tous les réseaux sociaux avec un nombre de vues jamais égalé. Mais peut-être serez-vous simplement prise au milieu d'un accident relayé par la presse.

– Et que voyez-vous du côté du mariage ?

– Une proposition d'union a été faite.

– Oui, Brahim m'a demandé de l'épouser et il veut trois enfants. Cela me fait un peu peur.

– Oui, mais le bonheur n'arrive pas à grands pas. Vous devriez vous méfier des intentions réelles, derrière ce projet. Il se pourrait qu'il y ait d'étranges obstacles à cet amour, qui pourraient représenter un frein à votre union devant la loi. Un événement sans précédent mettra de la distance entre vous. Attention, danger !

– Ce qui m'inquiète, c'est que je ne l'ai jamais rencontré. À part son apparence, vue sur photo, je ne sais rien de lui hormis qu'il est soumis à la religion du Prophète sur terre.

– Je le vois au loin et dans l'impossibilité de vous rejoindre.

– Il voyage entre la Turquie et Damas. C'est une sorte de cadre militaire, ingénieur en informatique, je crois.

– Un rapport avec l'État islamique ? tenta Fatima en grimaçant malgré elle.

– Cela n'a aucune importance, puisque je l'aime. Il dit souvent que seul un ordinateur éteint, dans un coffre-fort enterré six pieds sous terre dans un endroit tenu secret, peut être considéré comme sécurisé… et encore, tout dépend du hacker. Brahim a instauré un tunnel crypté entre lui et moi, en insistant pour que j'utilise un code qu'il m'a envoyé par la poste.

– Comme c'est étrange… et romantique à la fois.

– Parfois, on utilise le fax, c'est vintage. Mais avec le logiciel Tails installé sur une clé USB et calé sur un GNU/Linux basé sur la distribution Debian, on peut se promener quasiment anonymement sur la toile, sans laisser la moindre trace et avec n'importe quel ordinateur.

– Je suis archinulle en informatique. Une autre carte, s'il vous plaît, et toujours avec votre main droite uniquement. Hum… L'Amoureux sort en position inversée. Étrange. Vous aime-t-il vraiment ? De quoi parle-t-il précisément dans vos échanges ?

– De la place de la femme dans le Coran, du partage des biens de l'humanité, de son amour pour le désert, du sort des hommes… Il est très intelligent et parle parfaitement le français. Il écrit sans fautes d'orthographe.

Fatima posa sa main sur celle de sa patiente. Elle vit des images de guerre.

– Je vois que vous buvez ses mots et ses pensées.

Durant des mois, au rythme de consultations à cent euros de l'heure, la voyante avait décortiqué l'idylle et les illusions d'une jeune femme amoureuse d'un fantôme qui prêchait un islam radical pour tous.

Dans cette cellule enfouie dans les entrailles de la Cité, Fatima explosa en larmes et son corps trembla, comme soumis à une secousse sismique. Les fameuses attaques d'angoisse souvent vécues par sa patientèle vinrent pour la première fois visiter son âme coupable. Elle voyait en boucle Yara tirer dans la bouche de cette jeune fille de confession juive. Elle avait été inconséquente, et elle subissait le châtiment du remords pour n'avoir été que cupide et manipulatrice.

Toute une humanité en souffrance lui souleva l'estomac. D'un jet, elle vomit sa culpabilité sur son matelas de misère.

À l'aube, un agent ouvrit sa cellule, la menotta et lui demanda de le suivre. Sur un banc de la Crim, elle attendit une heure. Puis Chanel l'invita à prendre place dans un espace neutre contenant deux chaises en piteux état, un miroir et une caméra fixée au plafond. Le jeu des questions alternatives semblait une évidence pour obtenir des aveux complets.

Il l'informa de ses droits et des chefs d'accusation qui pesaient sur elle. La voyante était effondrée et sa superbe arrogance s'était évaporée, comme si elle avait pris vingt ans en une nuit. Elle raconta sa rencontre avec la jeune femme devenue terroriste par dépit, l'amour de sa cliente pour un fantôme appelé Brahim et sa propre détermination à faire de Yara un instrument de mort en la faveur de quatre femmes blessées.

– Parlez-nous de Fanny et de Marion. Je crois qu'elles étaient vos amies ?

– Elles ont toutes deux été obligées de se laisser peloter les pieds avec le sexe de ce salopard de Fender. Elles ne savent rien sur les liens qui m'unissaient à Yara. Laissez-les tranquilles. J'assumerai ma faute, je plaide coupable.

Dans le détail, elle raconta d'une voix accablée sa première entrevue avec la future terroriste, son manque de discernement et de pratique pour évaluer les motivations d'une femme naïve, coincée dans la stratégie des terroristes.

Fatima ne savait pas que ce Brahim, de son vrai nom Francis Diaye, avait été fait prisonnier par la police turque la semaine précédente. Ce Français éduqué à Chanteloup-les-Vignes avait avoué avoir séduit une quinzaine de femmes, dans le but de les transformer en bombes humaines. L'homme était laid, louchait et disait vouloir se venger des Français. Pour appâter les ingénues, il leur adressait la photo d'un beau gosse piratée sur un compte Facebook. Seule vérité, Diaye était ingénieur en informatique. Le reste n'était qu'eau de rose et manipulation. Yara n'avait été qu'un instrument de mort entre ses mains.

La voyante si sûre d'elle était effondrée.

– Nous minimiserons la gravité de votre implication. Souhaitez-vous faire une pause ?

– Non, j'irai jusqu'au bout. Je suis prête.

– Que savez-vous des secrets de Fender ?

– C'était un sale type et son statut de notable le hissait au-dessus des lois. Marion affirmait qu'il avait reçu deux millions d'euros pas très clairs au regard du fisc, de la part de son ami Tanneur, un chercheur suisse, fondateur du laboratoire Movarlis. Pour ne pas lui restituer cette somme, Fender aurait payé des tueurs qui auraient étrangement fait chuter son « ami » dans une crevasse, au sommet de l'Everest.

Un sale type, je vous dis. Mais je peux affirmer qu'elle ne l'a pas tué. Lorsqu'elle l'a ramené, il était vivant.

Une crise cardiaque l'a peut-être terrassé, mais il était vivant. L'objectif était de le massacrer, de le casser, de le… neutraliser.

– Le légiste évoque un possible étouffement. Ne pensez-vous pas que la meurtrière aurait pu terminer le boulot de peur d'être reconnue ?

– Non, elle avait le mensonge en horreur. Je vous certifie que lorsqu'elle a quitté ce salaud, il était vivant et qu'elle avait soigné ses blessures pour qu'il vive, malgré tout. Je précise que l'idée de lui couper les doigts était de Yara. À vrai dire, nous pensions qu'elle le tabasserait simplement un peu, histoire de lui faire peur.

– N'y avait-il pas une quatrième femme, dans votre complot ?

– Elle s'appelait Tina. Son suicide a mis le feu aux poudres. Pour la forcer à le laisser lui lécher les pieds, Fender l'avait rouée de coups. Puis il l'avait traînée par les cheveux jusqu'au coffre de sa voiture. Il l'avait enfermée, puis jetée dans une allée du bois de Boulogne. Chez une fille aussi adorable que Tina, les séquelles de cette épreuve ont imprimé l'angoisse de revivre cette agression. Elle avait perdu le sommeil et revoyait chaque heure les coups de poing de ce porc. Sa famille aussi a été très affectée par son suicide.

Chanel comprit la provenance des empreintes de « petites mains » retrouvées dans le coffre. Il ne s'agissait pas d'un troisième homme dissimulé, mais d'un dérapage sexuel de Fender. Le commandant tenta sa chance :

– Je crains fort que vos deux complices subissent la même accusation.

– Ne faites pas ça, supplia la femme, abattue par le poids de sa responsabilité. Ce sont de braves filles et elles ne méritent pas de payer à ma place. Je vous répète qu'elles ne savent rien. Je suis la seule coupable, gémit la voyante, le visage déformé. Chaque nuit, je brûle en enfer pour cette faute impardonnable. J'aurais pu, j'aurais dû l'arrêter, la dénoncer, la dissuader. Je n'ai rien fait. J'ai seulement encaissé mes honoraires sans conscience. Je suis ignoble.

À l'évidence, Fatima ignorait tout de la mort violente de Fanny et de Marion. Sans imaginer les conséquences de son geste d'apaisement,

Chanel lui posa la main sur l'épaule. La voyante s'en saisit et la serra de toutes ses forces en écarquillant les yeux. Dans un cri de bête qu'on égorge, elle s'écroula sur le sol, hurla de douleur et perdit connaissance. Chanel comprit qu'elle avait vu la mort de ses deux amies à travers lui.

L'infirmière débarqua et la suspecte fut évacuée sur un brancard vers l'infirmerie de sœur Marguerite.

En fin de journée, Domitille confirma que Tina Lannion avait été l'employée de Me Fender et que sa plainte pour violences avait fait l'objet d'un classement sans suite par le parquet. Le dossier était introuvable. Autre information à verser à charge contre Fender : une compagnie aérienne suisse confirmait un court voyage de l'avocat vers le Tibet, bien avant le départ de son ami Tanneur. Le traquenard se confirmait. Chanel se demandait si la cruauté animale, celle du lion à l'égard de la gazelle, n'était pas plus aimable que celle de l'homme civilisé.

Cependant, depuis la première heure de cette enquête, un point crucial lui semblait avoir été évincé. Comme si une personne proche du crime avait été oubliée. Question de flair.

29.
Zéphirin

« […] le chagrin s'engouffrait dans [l'âme d'Emma] avec des hurlements doux, comme fait le vent d'hiver dans les châteaux abandonnés. »

Autour de Chanel, l'équipe s'était réunie et faisait face au mur recouvert de fiches et de photos de tous formats. Chacun participait à l'élaboration de cette liste collective qui rassemblait les doutes, les anomalies et les affirmations. Avec trois meurtres au compteur et un carnage terroriste visionné par trois millions de personnes, un point mesurable sur l'échelle de Richter s'imposait.

Sans frapper, Mlle Maigret entra et s'installa dans le fond sans dire un mot. Elle sortit un calepin et lança en levant le doigt au ciel comme à l'école :

– C'est quand vous voulez ! Au fait, avez-vous établi la dangerosité potentielle de l'assassin ?

– Madame la divisionnaire, nous comptons sur votre expérience pour nous éclairer sur ce « potentiel » au cours de cette réunion de travail. Domitille, vous engagerez le débat ouvert à tous. L'option de non-participation est exclue. À vous de jouer, messieurs.

– Merci de votre confiance, commandant. Si vous le voulez bien, je n'évoquerai que les positions constituant une certitude. Il est établi que Yara a enlevé sa victime dans le but de la torturer. Le meurtre n'est pas le mobile initial et nous retenons la préméditation. Fender est bel et bien revenu vivant de sa séance de supplice. Entre le dépôt de la Jaguar au parking et la découverte du cadavre, un événement inconnu s'est déroulé. En ce qui concerne l'assassinat des deux jeunes femmes, des témoins confirment la présence de Yara sur les lieux du crime. Il semblerait qu'elle ait voulu se venger pour avoir été manipulée.

– Pour Fender, peut-on supposer qu'il existe un troisième homme ? demanda la divisionnaire sans quitter des yeux sa fiche de notes.

– Franchement, rien n'atteste qu'un tueur surgi de la boîte à gants ait terminé le travail. Je vous rappelle que Pratt n'exclut pas l'étouffement dû à une attaque cardiaque à la suite des blessures infligées.

– Que pouvez-vous nous raconter sur la première personne qui a découvert le corps ?

– Nous avons réalisé une discrète enquête sur le juge pour enfants et sur le gardien, les deux premières personnes arrivées sur le lieu du crime. *A priori* – je dis bien *a priori* –, rien dans leur passé n'indique une quelconque relation avec la victime. Sans mobile, il est difficile de croire que ces deux témoins aient tué.

– Ce juge aurait-il pu étouffer Fender avant d'alerter les secours ? lança Lehr.

– En théorie, oui. Mais il nous manque toujours le mobile. C'est d'ailleurs la première idée qui nous a tous traversé l'esprit, je suppose. Ce magistrat natif de Bretagne et célibataire a été nommé le mois dernier à Paris et sans le moindre piston. Aucune affaire judiciaire ne le relie, ni de loin ni de près, à Fender. D'après son entourage, il est gay et il ne connaissait Me Fender que de réputation.

– Et le gardien ? relança Chanel.

– Son audition n'a rien donné, affirma Brobeck. M. Zéphirin Dembélé est d'origine burkinabée, un homme simple sans la moindre méchanceté et au casier aussi vierge qu'une nonne. Il y a quarante-trois ans, il est entré au service de l'entreprise Vinci, devenue Indigo, et il vient de faire valoir ses droits à la retraite. C'est son dernier mois de travail. Il a sept enfants, tous restés au pays. Avec sa femme, il trime pour envoyer sa paie au village. Absolument rien ne le raccorde à la victime. « Bonjour » et « au revoir, monsieur », c'est le seul lien entre eux, je n'ai rien trouvé d'autre.

– D'ailleurs, la vidéo atteste que le gardien n'a pas approché la victime et qu'il s'est contenté d'attendre les secours, reprit Dos Bastos.

– En revanche, le meurtre des deux ex-secrétaires n'est plus une énigme, trancha Poivre. Une enquête de voisinage a confirmé la présence de la terroriste dans le quartier. Le légiste comme le service technique viennent d'attester que la foldingue a laissé ses empreintes un peu partout. La prochaine sur sa liste était la voyante. Ne la trouvant pas son domicile, elle s'est dirigée vers l'école israélite. La suite, on la connaît.

– On en revient à la possibilité d'un troisième homme ! intervint la divisionnaire. Depuis le début de cette réunion, il y a un assassin qui se cache avec succès dans ce parking.

– Alors ? Qui n'avons-nous pas évoqué ? Fatima ? relança Lehr.

– Elle était terrée dans sa chambre d'hôtes depuis trois jours, assura Chanel. Le chauffeur de taxi comme son hôte l'attestent. Et d'ailleurs, elle ne savait même pas que ses amies avaient été assassinées et elle s'accuse de ne pas avoir arrêté la folie de cette terroriste. Hélas, être voyante n'implique aucune responsabilité civile ou autre, et c'est bien dommage. Parler de complicité à son sujet serait une absurdité. Elle ne savait rien et n'était mue que par la vengeance.

– À ses dépens, elle a appris que la psychologie est chose sérieuse, vénéneuse. Le geste fou de Yara la hantera jusqu'à la fin de ses jours, murmura Chanel. Elle devra survivre, avec ce poids au fond de son âme.

– C'est pire qu'une condamnation effective, trancha la divisionnaire. Coupable pour la vie. C'est horrible ! Une fois encore, tout porte à croire qu'un grand absent tire les ficelles sous notre nez.

– Qu'avons-nous sur cette Tina ? demanda Chanel.

– J'ai téléphoné à sa mère. Il s'agissait de sa quatrième tentative de suicide, réussie ce coup-ci. Par trois fois, nous avons demandé copie de la plainte de la jeune femme contre Fender. Le parquet fait de la rétention de dossier. Que nous cache-t-on ?

– Et que dit le Doyen ? grinça Mlle Maigret.

– Il a marmonné : « Arrêtez de fouiner. »

– Je n'aime pas ça du tout, coupa la divisionnaire. Je m'en occupe personnellement. Elle se leva et sortit, la mâchoire serrée. Une minute plus tard, elle revint sur ses pas

et envoya à tue-tête :

– Reprenez l'enquête depuis le début. Un point important a été omis : la famille espagnole dans le parking. Oui, celle qui débarque juste derrière Yara. Il faut les retrouver. Dans cette séquence, je pressens une omission. Le meurtrier est sous nos yeux et c'est un malin.

Lorsqu'elle claqua la porte, l'équipe Cha pouffa de rire. Tous sauf Domitille :

– C'est une idée à creuser. J'ai une sœur professeure d'espagnol qui vit au Canada. Elle pourrait peut-être nous servir de traductrice ?

– T'aurais pas aussi un frère qui connaît le nom de l'assassin ? Ça nous éviterait de chercher, lança Lehr.

Fou rire général et regard noir de la stagiaire.

30.
Prostrée

« [Emma] marchait les yeux à terre, frôlant les murs, et souriant de plaisir sous son voile noir baissé. »

Le comptable de l'agence des Vélos bleus située dans le parking Indigo retrouva la trace d'un numéro de carte de crédit de la Banque HSBC appartenant à un M. Perandas qui demeurait à Madrid. D'après Antoine, le guide, cette famille espagnole s'était présentée à 19 h 30 pour un tour de Paris incluant une croisière sur les Vedettes du Pont-Neuf. Six billets à trente-neuf euros chaque étaient enregistrés sur le livre des recettes, nombre conforme au groupe visionné sur la vidéosurveillance.

Camille, la sœur professeure d'espagnol de Domitille, appela. La fille, majeure, répondit que ses parents étaient absents pour la journée, mais qu'elle n'avait rien remarqué d'anormal lors de leur promenade avec le guide, à part que son vélo était trop lourd pour elle. Elle promit de transmettre la demande à son père et garantit que s'il avait une remarque à faire, il téléphonerait.

La divisionnaire n'avait pas été visionnaire, et sous le manteau, l'équipe se moquait de l'idée saugrenue de leur grande « chef ». Toutefois, Lehr repassa une fois encore avec attention la vidéo des entrées et des sorties le jour du crime. À part les va-et-vient d'automobilistes et de touristes indignés du prix à payer pour une heure de stationnement, rien à signaler. Lorsque le vigile avait sécurisé les lieux, un groupe de l'agence des Vélos bleus avait pédalé pour gagner la sortie, suivi d'un guide reconnaissable à la couleur jaune de son gilet. Impossible de les compter. Le criminel s'était-il déguisé en touriste ? *À envisager*, se dit le lieutenant.

Trois jours filèrent sans aucune piste à creuser. Sous le choc émotionnel, Fatima restait prostrée dans son lit. Le médecin exigeait le repos total de sa patiente.

Chanel jeta l'éponge et rentra chez lui en traversant la place Dauphine. Arrivé devant le distributeur automatique de la BNP, il sollicita la remise de trois cents euros avec sa carte de crédit. Cent pour lui, deux cents autres pour Alain.

Plus loin, le serveur du restaurant Paul lui envoya un bonjour du bout des lèvres tout comme la gérante de La Rose de France, célèbre pour son sens de la repartie. Juste en face, la porte de la Librairie de la Cour de cassation était grande ouverte. Derrière le comptoir, un homme barbu leva la tête. Chanel lui sourit.

– Salut, François, cela fait bien longtemps que je ne t'ai vu dans ma littérature.

– Les procédures ne sont plus de mon ressort, mais j'aime bien flâner dans tes allées.

– Quel bon vent t'amène ?

– Comme tu le sais, Nicolas Fender a été retrouvé mort dans le parking. Que sais-tu de lui ?

– C'est le commandant qui demande ou le copain de fac ?

– Entre les deux.

– Fender passait trois fois par semaine. J'ai perdu un précieux client, plein aux as. Tout le monde avait intérêt à l'occire, sauf moi. Savais-tu qu'à cause de sa fâcheuse tendance à « adverbiser » ses tirades à tout bout de phrase, ses confrères l'appelaient « Labiche », comme le célèbre dramaturge ?

– Pourquoi Labiche ?

– Dans une courte pièce titrée *La Lettre chargée*, un personnage s'exprime comme lui, avec pléthore d'adverbes. Cet auteur savait observer les travers de la bourgeoisie de son temps. En fait, Fender n'habitait pas le XXIe siècle. C'était juste un barbare névrosé déguisé en nobliau. Voire violent lorsqu'on lui refusait ses délires libidineux. Le parquet croulait sous les plaintes de ses employées pour agression. Les requêtes ont toutes été classées sans suite, bien entendu. Une honte !

– Lui connaissait-on des ennemis jurés ?

– Tu devrais le savoir aussi bien que moi : la cassation est l'arène des gladiateurs. Tous pour un et tous ennemis. Fender ne faisait aucun cadeau. Seule sa force de travail et de concentration l'avait hissé au plus haut des cieux. Il ne devait rien à personne. « Ni Dieu ni maître », m'a-t-il envoyé un soir. Le pouvoir de l'argent, voilà son poison.

– Est-ce que tu connaissais son ami, le Pr Tanneur ?

– Raymond Tanneur, un brave type. L'argent n'avait plus aucune valeur pour cet homme. Facile à dire lorsqu'on en dispose plus que de raison.

– La belle et la bête, en quelque sorte.

– Un soir, Fender m'a invité à dîner à La Pérouse, histoire de donner le change à son ami. Raymond était immensément riche, grâce à ses brevets pharmaceutiques. Je n'ai appris qu'après ce souper que mon compagnon de table pesait le milliard d'euros. C'est pratique pour engager des conversations sans arrière-pensée.

– Je connais ton sens de l'observation. Je t'écoute.

– Sur Tanneur, j'ai trouvé deux mots pour le décrire : vampire solaire. Ce mec était si éblouissant dans ses théories que tu avais l'impression de discuter à la fois avec le biologiste Henri Laborit et le philosophe Michel Foucault. Je crois que ce fut le dîner le plus lumineux de ma vie. Entre pouvoir et savoir, nous avons débattu du sort du monde.

– Et Fender ?

– Complètement ratatiné par son copain de lycée. Ils s'étaient connus à Louis-le-Grand. La fidélité de Tanneur avait permis à son copain Nicolas de sortir du lot. Pour honorer son camarade d'amphi, toutes les questions relatives aux autorisations de vaccins tombaient entre les mains crochues de Fender. Avec ces rapports payés à prix d'or, Fender jubilait.

– Que sais-tu du fameux laboratoire ?

– Ah, le très puissant groupe Movarlis ! Leurs machineries pour fabriquer de l'antalgique tournent à plein régime sept jours sur sept, non-stop. C'est la pompe à fric la plus impressionnante jamais mise en turbine.

– Et bien sûr, enquêter sur eux n'est pas dans nos moyens.

– L'image de propreté diffusée au public est une priorité absolue. Je ne serais pas surpris qu'un ponte te reçoive pour connaître tes intentions.

En sortant, Chanel appela Domitille :

– Connaissez-vous la Suisse ?

– Ma cousine préférée réside à Berne.

– Décidément ! Vous parlez allemand, je crois ?

– En effet.

– J'ai pris attache avec la police suisse et demandé une autorisation pour enquêter au sein des laboratoires Movarlis.

– Le canton de *Basel-Stadt* est l'une des régions les plus riches du monde ! Pas facile de les solliciter et encore moins d'enquêter sur un puissant consortium.

– Je compte aussi sur votre tact pour trouver le contact de Fender à Bâle.

– Qui vous accompagnera ?

– Devinez !

31.
Drague-misère

> *« Il écrivit : “Du courage, Emma ! du courage ! Je ne veux pas faire le malheur de votre existence…” — Après tout, c’est vrai, pensa Rodolphe ; j’agis dans son intérêt ; je suis honnête. »*

Alain avait le front en feu, des picotements aux paupières et un froid d’iceberg à fleur de peau. Depuis son arrivée dans cet immeuble délabré, les crises d’épilepsie s’enchaînaient et ses céphalées s’incrustaient à temps complet. Depuis combien de mois n’avait-il pas dormi correctement ?

Avant ce coup de foudre, Alain était un « drague-misère » qui ne parvenait pas à séduire. Conséquence : puceau à trente ans et hypercomplexé par sa situation sentimentale. Boire deux, trois verres d’alcool pour aborder une jeune personne et enfin tirer un coup lui semblait bien trop trivial. Cette « virginité tardive » avait entraîné chez lui un manque de confiance qui avait déclenché le cercle vicieux de l’anxiété sociale. Avec son physique modèle réduit, il ne plaisait à personne. Autour de lui, ses connaissances se mettaient en couple, racontaient leurs déboires amoureux, projetaient d’avoir des enfants… Lui se sentait monstrueux et vivait sa chasteté forcée comme une malédiction. Un soir, il l’avait avouée à une amie. Elle avait dévoilé sa condition sur les réseaux sociaux et il ne l'avait plus revue. Cet épisode l'avait meurtri à jamais et il avait envisagé de partir définitivement aux États-Unis, sous couvert d'un voyage touristique.

Pour combler la solitude sentimentale de son frère adoré, sa jumelle, Tina, racolait dans son vivier d'amies pour lui trouver une copine. À l'âge où l'apparence est un incontournable, aucune candidate ne se bouscula pour tomber dans les bras d'« Alain le Nain », le prétendant de petite taille. Dans sa classe, ses camarades le surnommaient « Gollum », et il s'était traîné ce sobriquet « tolkienien » peu sympa durant tout le collège, comme une balafre à travers le visage.

Alors que sa sœur accédait en seconde générale, lui bascula dans une filière pseudo professionnelle glauque, option pipeau, un bac bidon par excellence. Tina était solaire, lui son versant transparent. Elle semblait si forte, si puissante, si éblouissante et tous lui pariaient un futur singulier.

Pour ses seize ans, son parrain offrit à Tina un Reflex Canon EOS D30 doté d'un capteur de trois millions de pixels. Une merveille de technologie, hors de prix dans les années 2000. Son entourage fut fasciné par la composition de ses images, ce monde inventé très personnel d'où se dégageaient une réelle beauté, de l'énergie, mais aussi quelque chose d'inquiétant. Parfois habillée d'une robe, mais le plus souvent nue, la jeune femme mettait son corps d'enfant en scène. Ne donnant à voir que sa nuque, elle apparaissait le sexe dissimulé par un masque, à quatre pattes, lovées dans le coin d'un miroir, ou en bête sauvage. Ces autoportraits étaient d'une maîtrise formelle vertigineuse et d'une originalité stupéfiante pour son âge.

Alain disait à son propos qu'elle traversait le miroir et se rendait inaccessible au commun des mortels. Entre deux petits boulots comme femme de ménage pour payer ses cigarettes, ses clichés l'amenaient à fréquenter des cimetières ou des maisons abandonnées aux tapisseries en lambeaux. Personne ne remarqua qu'elle s'enfonçait dans le morbide. Elle disait : « Dans le réel, je me sens dissoute dans l'antre de la bête et mon corps se confond avec les décors. Jusqu'à disparaître pour mieux revivre. »

Cela passera », affirmait son père. Mais les artistes ne sont-ils pas tous un peu dérangés ? Dérangés jusqu'à se défenestrer du huitième étage avec un doigt sur le déclencheur de son Canon en mode rafale ? Alors qu'elle faisait son saut de l'ange, Alain était assis en bas de l'immeuble. Aux premières loges du suicide de sa sœur jumelle. Elle avait trente ans. C'était il y avait six mois à peine. Et chaque nuit, il revivait la dévastation de cet événement.

« Morte sur le coup, avait assuré le médecin légiste. Aucune souffrance. »

Sur son lit, elle avait laissé des milliers de photos à la beauté sensuelle et jamais sexuée, une sorte de journal intime au bord de la folie. En page de garde, elle avait noté : « À mon frère adoré. » Une longue lettre s'adressait à Alain, commençant par :

> *« Je dois te raconter un épisode de ma courte vie dont je ne t'ai jamais parlé. Sois fort et oublie-moi. »*

Il se donna du temps pour lire la suite. Pour accepter.

Vingt jours d'errance plus tard, il lut le récit du profond malaise existentiel de sa jumelle et pleura jusqu'à étancher ses larmes. Dans cette cabine téléphonique perdue en rase campagne et oubliée par France Télécom, il hurla. L'orage l'entendit.

Ce jour-là, l'incroyable se produisit. Il faut savoir que le risque d'être foudroyé concerne environ une centaine de personnes par an avec un seul décès des suites de ce rarissime et improbable impact. L'une des recommandations usuelles est de ne jamais s'abriter dans une cabine téléphonique ou sous un arbre, le plus simple étant de se réfugier dans une voiture. Bref, le jeune homme fut sauvé par une mamie qui passait à vélo. Les pompiers, le massage cardiaque, les urgences, et enfin le diagnostic de l'interne :

– Monsieur, il semblerait que vous ayez été foudroyé de la tête aux pieds par une décharge de cent millions de volts. La trajectoire désormais dessinée sur votre peau en atteste. Oui, il s'agit bien de ces brûlures en forme d'éclair. Quelles seront les conséquences sur votre organisme ? Aucune idée, seul l'avenir répondra à cette question.

Le plus gênant avait été une forte perte de mémoire et l'impossibilité de se souvenir de son identité. Au fil des jours, la proximité de Chanel lui était devenue indispensable. Tout lui pesait, sauf la bienveillance de ce célibataire souriant et à l'élégance pointilleuse.

Il entendit la porte claquer. Son hôte rentrait. Le père idéal, aurait souligné le psychologue. Le paternel qu'il n'avait jamais eu et tant espéré. Comme chaque soir, Chanel déposerait ses clés dans la coupelle posée sur le guéridon, se déchausserait, marquerait un temps d'arrêt, la porte de la cuisine crisserait, le joint de porte du réfrigérateur se décollerait et le très reconnaissable bruit d'une bouteille de bière décapsulée se répandrait jusqu'au toit.

M. François était une mécanique. Invariablement et dans un ordre méthodique : cinq pas le menaient au salon. Les charnières du couvercle du piano droit seraient mues, la chaise ajustée, le ressort de la sourdine engagé et l'invariable *Misty* d'Erroll Garner joué à la perfection.

Alain avala un Doliprane et descendit rapidement avec sa guitare. *Round Midnight*, *Beautiful Love*, *Blue Bossa*... le répertoire des années jazz défila jusque tard dans la nuit. Chanel se décida enfin à lui montrer sa merveille :

– Cher hôte, je vais te jouer du thérémine, un instrument rare.

– J'ai déjà vu ce truc à la Cité de la musique, au parc de la Villette.

– Ce « truc » est un dispositif doté d'une longue antenne, et il ressemble à s'y méprendre à un radar. Il émet des sons à mi-chemin entre la voix humaine et le violon.

Chanel dévoila son instrument protégé de la poussière par un drap, et alluma le mécanisme.

– Regarde, plus on approche la main de ce récepteur qui transmet des ondes électromagnétiques, plus l'antenne se positionne à l'aigu, et inversement.

– Ça pique presque l'oreille. Je peux essayer ?

À quatre mains, ils improvisèrent des sons venus d'ailleurs. Juste avant de se quitter, Alain demanda où en était l'enquête.

– On avance à grands pas. Notre extralucide sera incarcérée pour complicité d'attentat terroriste. Il y a une piste en Suisse que nous n'avons pas exploitée.

– Puis-je vous poser une question indiscrète, François ?
– Essaye toujours.
– Pourquoi ne pas avoir tenté votre chance dans la musique ?
– Mon ego n'était pas assez développé et je ne comprends rien au business. Je crois surtout que mes rêves ne sont pas immenses. Jouer me suffit.
– D'après ce que j'ai vu : pas marié, pas d'enfants, pas d'amis, juste un boulot prenant et un immeuble en ruine. Cela vous paraît-il… suffisant ?
– Je n'arrive pas à aimer autre chose que mon rôle dans cette société.
– Comme c'est étrange. Vous venez de dire que faire votre métier était votre grand amour.
– En plein dans le mille, jeune homme. Un amour qui prendra fin avec le mot *retraite*.

Pour clore la soirée, Chanel joua le *Clair de lune* de Debussy. Alain applaudit et le remercia à sa façon :
– Cette interprétation aurait ravi un public. Merci, François.

32.
Bâle

« Et, avec le plus grand sang-froid du monde, [Emma] ajouta : — Je ne m'y fie pas trop. »

Le départ pour la Suisse fut programmé deux jours plus tard à 10 h 23. En gare de Lyon, Chanel s'échappa et improvisa trois accords sur le piano mis à la disposition des voyageurs. Au loin, Domitille s'étonna en haussant les sourcils et évita tout commentaire personnel.

Durant la première heure de voyage, l'énergique surdiplômée s'interrogea avec humour et à voix haute sur les agriculteurs qui disparaissent, les abeilles, les pesticides dans nos assiettes, les algues vertes sur nos plages et les animaux transformés en matériaux. À la deuxième heure, elle enchaîna sur l'avenir de la femme dans la société, l'identité, la vie parisienne et un fatras d'enchevêtrements d'idées, tout pour ne pas chavirer dans le silence. Son supérieur hiérarchique se contenta d'écouter et de relancer poliment la conversation dans ce wagon quasi vide.

Enfin, elle orienta Chanel sur Alain. *A priori*, son véritable objectif :

– Il m'a dit que vous le logiez chez vous. Sympa de votre part. Est-il vrai qu'il n'est pas certain de son nom et de son prénom du fait d'une perte de mémoire ?

– C'est exact, et son médecin affirme que tout peut revenir d'un coup.

– Ce qui veut dire qu'il a surgi de nulle part et qu'on ne sait rien de son passé.

– Avez-vous l'intention d'enquêter sur lui ?

– Non… et oui, mais juste pour comprendre.

– Allez, expliquez-vous, demoiselle, parce que depuis le début, je pressens une animosité envers mon locataire.

– Je crois qu'il nous cache quelque chose.

– Avec une mémoire défaillante, il me paraît évident qu'il ne peut pas faire autrement.

– Croyez-vous en l'instinct, commandant ?

– Depuis que le crime est mon affaire, je ne me fie qu'à lui, à condition d'avoir passé au crible toute possibilité rationnelle.

– C'est ce que j'ai fait. Et j'ai l'impression que votre protégé nous manipule. Chanel plissa les yeux et tourna son regard vers le paysage. Tout comme Alain, elle avait débarqué au milieu de l'enquête et manipulait l'équipe au gré de ses fulgurantes trouvailles et de sa fratrie surgie du chapeau. Puisqu'elle suspectait son locataire amnésique, il enquêterait sur elle et, de surcroît, sur Alain.

À 13 h 26, le TGV Lyria *via* Dijon et Mulhouse entra en gare de Bâle, sur *Centralbahnstrasse*. Du mobilier urbain à la signalisation en « patois » suisse allemand, tout vous donnait l'impression que vous ne vous trouviez plus en Europe. Une entrée frontière orange et jaune avait été créée exclusivement pour la France et la salle d'attente après la douane, aux bancs de bois sombre et au haut plafond avec verrière, était restée dans son jus « XIXe siècle ».

Armé d'un panneau d'accueil indiquant « Chanel », un homme rondouillard au visage poupin attendait ses deux collègues français. Le duo policier se présenta et le chef du ressort de la communauté de Bâle, Lukas Hostettler, s'improvisa guide lorsqu'il remarqua le regard circulaire de ses invités :

– Vous semblez aimer les gares. Figurez-vous que moi aussi, je suis amateur de lieux de transit. Construite en 1860 en pleine campagne, elle offre à notre ville une ouverture vers la France et l'Europe du Nord. Résultat : nous avons construit notre prospérité en symbiose avec le Rhin et notre trafic de marchandises bat des records.

– Une opulence discrète, assura Chanel poliment.

– Pour vivre heureux, vivons cachés. Et prospères !

Le véhicule de police attendait entre deux tramways. Quinze minutes plus tard, le chauffeur contourna les blocs de granit. Les fragments morcelés et répandus sur le macadam en forme de collier servaient d'œuvre d'art et de rond-point. L'entrée du groupe pharmaceutique Movarlis créé par Raymond Tanneur, le grand ami de Nicolas Fender, ressemblait à une citadelle imprenable.

Les trois policiers se présentèrent à l'accueil et tendirent leur carte professionnelle. L'hôtesse scanna les photos, les inséra dans le document et leur remit un badge. Un homme de taille moyenne aux cheveux roux mi-longs et aux lunettes noires insondables arriva. Sa moustache lui mangeait les lèvres et lorsqu'il se secouait, sa toison léonine impressionnait par sa souplesse. Sur sa carte de visite : « Jean-Michel Nickler, Chief Lawyer ».

L'homme les invita à le suivre. Le gardien contrôla la mallette de Chanel, passa un détecteur sur chaque recoin de leur corps, visualisa le portrait sur les laissez-passer, confirma les empreintes digitales, puis ouvrit la grille avec lenteur. Les visiteurs pénétrèrent sur l'un des campus les plus sécurisés du monde. D'un pas assuré, ils longèrent les trottoirs impeccables au pied des immeubles de verre et murs végétaux.

D'un signe de tête, leur hôte rendait poliment leur salut aux passants en blouse blanche. Cet endroit parsemé de squares et de sculptures rassemblait les plus éminents scientifiques du moment et formait les petits génies de la chimie de demain. La crème de l'humanité s'y promenait et le chiffre d'affaires des laboratoires frôlait l'indécence. Trois blocs plus loin, un immeuble en métal brossé aux formes délirantes posé sur des pilotis se dressa devant eux. L'architecture de ce quartier général hors norme tenait du coléoptère géant et de la navette spatiale Klingon de Star Trek. Le hall d'entrée imitait une cathédrale de verre, soutenue par des haubans de métal rehaussé de bois de hêtre, sur un sol bleu ciel. Éblouissant de technicité et de simplicité.

Derrière un comptoir, une splendide hôtesse se leva et leur demanda avec un sourire de princesse le nom de la personne qui les recevrait.

– Le Pr Chris Enger, répondit l'homme.

– Qui dois-je annoncer ?
– Jean-Michel Nickler et la police française.
– Veuillez patienter dans le salon d'accueil, s'il vous plaît. Un café vous ferait-il plaisir ?
Les visiteurs agitèrent négativement la tête. Ils s'installèrent dans des fauteuils en carton rouge au design surprenant et admirèrent le bonsaï qui trônait sous un toit de lumière cintré de bureaux sans cloison.
Leur rendez-vous descendit enfin l'escalier à l'interminable main courante. Un grand sexagénaire en costume de flanelle avec nœud papillon gris s'approcha, les examina d'un œil froid et condescendant. Il ajusta ses lunettes à la monture transparente, passa une main sur sa barbe blanche taillée de près, puis avança droit vers eux, les paumes dissimulées dans son dos pour ne pas leur serrer la main.
– Bonjour, messieurs. Si vous le voulez bien, nous irons visiter le jardin. Le temps s'y prête, n'est-ce pas ? Croyez que votre pressante demande d'entrevue m'a grandement surpris.
Les deux hommes traversèrent une pelouse impeccable. Loin des regards, ils s'installèrent sur des bancs en vis-à-vis. Le professeur les invita à se confier sans détour, arguant d'un agenda des plus chargés.
– Monsieur, comme vous le savez, dit Chanel, Me Fender a été assassiné et nous avons appris que vous étiez son principal client. D'où notre visite de courtoisie.
– Au vu de ses extraordinaires notes de frais enregistrées dans notre comptabilité, je confirme que nous étions un bon client, à la hauteur de l'amitié entre notre fondateur et cet homme. Je précise toutefois que notre stratégie commerciale était à la mesure des ambitions que nous avons remises entre les mains de M. Fender. Sachez que ce qui sera évoqué ici devra rester strictement confidentiel et qu'en cas de demande officielle de la part de l'État français, nous nierions toute implication. Me Nickler a toute latitude pour vous répondre.
L'homme s'éclaircit la gorge et sa pomme d'Adam remonta. Pour Chanel, l'observateur, ce comportement de gosier était révélateur de tromperie. En effet, le stress induit par le mensonge affole le système nerveux, accélère le rythme cardiaque et l'activité des glandes

sudoripares, mais réduit en même temps celle des glandes salivaires, d'où le besoin de stimuler sa gorge en déglutissant avant de prendre la parole.

Jean-Michel Nickler se lança :

– Il y a deux ans, j'ai été mandaté pour effectuer une délicate mission auprès de Nicolas Fender. Entrer dans la confidence de cet homme de loi ne fut pas chose aisée. J'ai là un rapport d'activité et...

– De vive voix, s'il vous plaît, grinça le Pr Enger. Cette littérature ne devrait pas pénétrer dans ce noble sanctuaire, veuillez vous en souvenir et brûler dorénavant ces pièces.

– Bien, monsieur.

Nickler se concentra, sa pomme d'Adam en ascenseur, et commença ses explications les yeux mi-clos :

– Le Dr Raymond Tanneur était associé à cinquante pour cent au sein de nos laboratoires, propriétaire exclusif de nos principaux brevets... et le grand ami de

M. Fender depuis leur rencontre à la faculté. Notre première année d'enquête a été mise à profit pour comprendre et dessiner le profil psychologique de cet ami... envahissant – si je peux me permettre. Très rapidement, nous avons découvert de nombreuses failles et une réelle inimitié à l'encontre du Pr Tanneur. En fait, Fender jalousait la réussite de son ami tout en profitant de ses largesses.

– Soyez plus clair, voulez-vous ?

– J'y viens. Lors de la vente d'un des brevets, Tanneur a remis entre les mains de son grand ami la somme de deux millions d'euros en espèces, afin de les placer hors de la Suisse. Contrairement à ce que l'on peut croire, la fiscalité au Panama est d'un bien meilleur rendement. Trois semaines après cette remise de liquidités, Tanneur disparaissait sur l'Everest dans un accident des plus douteux. En revanche, l'argent n'a jamais refait surface, ni au Panama ni ailleurs.

– Qu'insinuez-vous ? marmonna Chanel.

– Nous soutenons la thèse que l'ami de fac a donné l'ordre de faire tuer son « copain » pour des raisons financières. D'où notre enquête.

– Quelles preuves avez-vous ?

– Nous avons retrouvé le sherpa embauché par Tanneur. Il a poussé son client dans le vide contre une belle liasse de dollars et n'a jamais rencontré le commanditaire. Nous avions ainsi confirmation de nos doutes, et nous recherchions désormais la filière mise en place afin de confondre Fender, le vrai criminel en sous-main. Pour conserver sa confiance, nous avons profité d'un litige sur la vente d'un brevet porté devant la justice française pour engager le présumé criminel. Fender se montra ravi de défendre une fois encore les intérêts de Movarlis. Il était temps pour nous de passer à l'action. À ce jour, notre enquête a confirmé qu'un million avait servi à l'achat, à Barbizon, des chambres d'hôtes de sa maîtresse, une certaine Shaittana. Hélas, rien de plus. Nous avons sollicité

Fanny Azoulay, la dernière secrétaire en date, ainsi que les deux autres avant elle pour obtenir un document qui nous permettrait d'avancer dans l'enquête. Elles n'ont rien trouvé, à part un voyage express au Tibet.

– Qu'envisagez-vous, maintenant qu'il a été assassiné ?

– Des dispositions ont été prises pour effacer radicalement cet historique désastreux, afin de ne pas entacher l'honorabilité de notre laboratoire et la mémoire de son fondateur. Je suis ici pour vous annoncer de vive voix que nous renonçons à toute poursuite et qu'aucune trace ne nous relie désormais à ces deux décès.

Le retour était prévu à 16 h 34. Sur la rame, Lukas Hostettler, le chef du ressort de la communauté de Bâle, indiqua :

– J'ajouterai aux dires du laboratoire que grâce à la disparition du professeur défunt, le directoire du groupe peut enfin créer une fondation dont Tanneur refusait obstinément d'entendre parler. Eux aussi avaient intérêt à voir disparaître leur associé majoritaire.

Domitille n'ouvrit pas la bouche durant le trajet et s'enferma dans le Code de procédure pénale récemment publié chez Dalloz. Ce voyage confirmait l'idée d'un Fender redoutable, capable du meurtre de son meilleur ami. À moins que le puissant laboratoire ne soit l'instigateur de cette affaire, et que les secrétaires soudoyées n'en aient trop su. Ce qui prouvait aussi que Fender était sous la surveillance en permanence d'un enquêteur fantôme, aux frais du richissime laboratoire. De là à envisager le meurtre des ex-employées de Fender pour qu'elles se taisent à jamais, il n'y avait qu'un pas.

Chanel envoya une photo de la carte de visite de Jean-Michel Nickler au lieutenant Lehr et écrivit :

« *Trouve-moi le CV de ce menteur, le plus vite possible.* »

33.
Lobbyiste

« [Emma] resta perdue de stupeur, et n'ayant plus conscience d'elle-même que par le battement de ses artères, qu'elle croyait entendre s'échapper comme une assourdissante musique qui emplissait la campagne. Le sol, sous ses pieds, était plus mou qu'une onde, et les sillons lui parurent d'immenses vagues brunes, qui déferlaient. »

L'équipe Cha faisait corps et esprit autour du tableau blanc. Lehr était debout et présentait le résultat de ses investigations :

– Jean-Michel Nickler, quarante-quatre ans, deux enfants, de nationalité sud-africaine. Belles études à Berkeley, brillant et rusé. Il gère depuis huit ans sa petite entreprise de lobbying, très rentable, basée sur le renseignement confidentiel et la manipulation des politiques en poste. Il s'infiltre et offre une solution clé en main avec un suivi sur le terrain sous forme de scénario. Clients américains, saoudiens et suisses. Cela va du vendeur d'armes aux produits laitiers en passant par la chimie. Officieusement, nous savons que Movarlis voulait se débarrasser de son actionnaire majoritaire et qu'il était censé évincer le professeur en lui trouvant une bonne raison d'accepter une fondation. Officiellement, l'agence Nickler a été engagée pour trouver des preuves contre Fender afin de lui coller le meurtre de Tanneur sur le dos. En toute logique, chaque mouvement du grand professeur était pisté.

– Et Fender aussi, plaça Domitille.

– Un lobbyiste, c'est quoi déjà ? enchaîna Poivre.

– *Lobby* est un mot anglais signifiant « entrée » ou « vestibule », et il désigne des structures de pression qui tentent en coulisses d'influencer journalistes, chercheurs ou pouvoirs publics, répondit DS du tac au tac.

– Aurais-tu par hasard un frère dans le milieu ? railla Lehr.

– Je ne sais pas si mon père aurait approuvé qu'un de ses rejetons évolue dans cette atmosphère peu chrétienne. Lieutenant Lehr, je prends conscience que je suis souvent l'objet de vos sarcasmes. La prochaine fois que vous aurez ce genre de courtoisie, je vous casse les dents. Ai-je été bien claire ?

Lehr baissa les yeux et serra les mâchoires. Cette fille lui tapait sur les nerfs et si elle n'avait pas été femme, il aurait réglé cette affaire sur les quais à coups de poing.

La jeune fille poursuivit son exposé sur ces sociétés inscrites au Registre du commerce qui piétinaient gaiement la démocratie, la contournaient au mieux et n'inspiraient guère la sympathie des foules. Dans les couloirs feutrés du Parlement européen, des centaines de lobbyistes travaillaient chaque jour d'arrache-pied pour influer sur les décisions communautaires. Évidemment, sans se préoccuper des citoyens consommateurs. Notamment dans des conflits d'intérêts avec la chimie. En attendant que les contacts entre les députés et les lobbyistes soient publics et transparents, des loups s'étaient immiscés dans la bergerie et se régalaient.

– J'ai une supposition, enchérit Alain : dans un premier temps, l'histoire se déroule à merveille et Fender est ravi de défendre les intérêts de Movarlis. Les enquêteurs de l'agence Nickler flairent la haine des trois secrétaires. Il est alors temps de passer à l'action, par le biais d'une charmante islamiste. Yara est baguée et on lui demande d'accrocher les trois haineuses pour leur proposer un marché sanglant et vengeur. Comme la terroriste ne termine pas le travail, un homme de Nickler finit le sale boulot. Un élément déterminant sur les caméras nous a échappé depuis le début. Je me suis dit que jeter un œil neuf serait une chose utile…

– Belle contribution, Alain. On va reprendre les vidéos et débusquer le nom de l'enquêteur des lobbyistes. Il suffira de visionner les entrées et sorties de Fender sur deux semaines. Si on repère un roux ou un type récurrent, on tient notre piste.

– Sauf qu'il n'y a rien sur les vidéos du parking Indigo, ni sur celles de l'extérieur, râla Dos Bastos. J'ai passé des heures dessus à essayer de comprendre chaque mouvement. Franchement, j'offre le champagne si vous trouvez un indice.

Alain se leva et distribua une photocopie de différents clichés. Sur une des photos, un homme en short, avec une casquette rouge portant la lettre « M » de Super Mario Bros et un appareil photo autour du cou, était assis sur la balustrade de pierre, face au 36. Sur une autre copie, il se promenait devant le parking Indigo, ou place Dauphine, ou sur le Petit-Pont. Chaque tirage indiquait une heure et une date différentes, notées en rouge en bas à droite.

– Comme je vous le disais, j'ai vérifié les vidéos de surveillance, mais en cherchant le troisième homme et non pas Yara. Ne trouvez-vous pas étrange qu'un touriste, normalement de passage, monte la garde devant le 36 pendant six mois ? Plus fort encore, sur cette série de photos, démontra Alain. Fender sort, un homme se lève pour le suivre tout en abaissant sa casquette rouge au « M » reconnaissable. Même carrure, même marque Nikon de l'appareil photo, même mâchoire carrée. Même type, assurément.

– Franchement, chapeau bas ! souffla Dos Bastos.

– Et ça va te coûter une bouteille de champ', ricana Poivre. Bon ! On va vérifier la vidéo et retrouver ce touriste.

– Ce ne sera pas utile, murmura Alain. François, regardez bien cette image et faites appel à votre mémoire.

Chanel plissa les yeux et s'écria :

– Nom de Zeus ! C'est le maître d'hôtel de Barbizon.

– La fausse Emma l'appelait James, je crois. À son fort accent anglais, c'est sûrement… un Anglais ? D'ailleurs, ne devaient-ils pas se présenter au 36 ?

Avec un mandat d'amener, Lehr et Devaux se mirent en route pour cueillir Shaittana et son amant, occasionnellement touriste devant le 36. Sur la route, deux gendarmes de la Seine-et-Marne les rejoignirent.

Accrochée à la grille d'entrée des chambres d'hôtes, une pancarte indiquait : « Fermé pour travaux ». Aucune date de réouverture. Un serrurier de quartier ouvrit la porte des lieux. Les placards étaient vides et la voiture ne se trouvait plus dans le garage. Cela sonnait comme une fuite.

Dos Bastos appela Chanel. Un avis de recherche fut diffusé dans les gares comme dans les aéroports et sur toutes les frontières avec la Suisse. De son côté, Poivre sollicita le notaire qui avait réalisé la vente de l'hôtel particulier. À la grande surprise du clerc, le bijou de Barbizon avait été réglé comptant, par Madame. Poivre éplucha les fadettes du couple et Domitille récupéra les relevés bancaires.

À première vue, ils vivaient dans l'opulence. L'opérateur téléphonique indiqua des appels répétés vers la Suisse, et un numéro commençant par l'indicatif 27 – celui de l'Afrique du Sud –, qui revenait régulièrement.

– Tiens, Nickler n'habite-t-il pas à Johannesburg ? s'étonna Dos Bastos.

Chanel n'avait pas quitté le tableau blanc des yeux, et il releva un indice plutôt dérangeant. Il consulta son agenda et souligna un dîner pris de longue date avec son ami, le psychiatre Legendre.

Mlle Maigret entra, furax, avec un regard à vous aligner devant un peloton d'exécution pour haute trahison. Elle exigea un aparté avec Chanel et se posta en silence devant l'un des meilleurs commandants de sa brigade, en hissant ses jolis yeux dans ceux du policier.

– Puis-je espérer, madame la divisionnaire, que vous avez réussi à récupérer les plaintes déposées contre Me Fender ?

– Le Doyen des juges s'y oppose formellement. J'enrage. Je l'ai menacé de le poursuivre pour entrave à la justice et de faire intervenir le garde des Sceaux.

– Et ?

– Il a ri.

– À son grand âge, à part peut-être ternir la mémoire d'un ami, il ne risque en rien d'altérer sa carrière.

– Le greffier en chef me devait un service. Pour l'enquête, j'ai grillé un joker. J'ai la copie du dossier de Tina Lannion et ce n'est pas très beau. L'original est entre les mains de qui vous savez et je vous demande de ne pas exhiber ce document pour l'instant. Il nous servira seulement à confirmer nos craintes sur la perversité de Fender. D'après l'expertise, elle serait tombée dans l'escalier en sortant de l'immeuble. Les « marches » auraient cogné dur sur son visage. Ce n'est pas joli-joli à voir.

– Qu'avez-vous trouvé d'autre ?

– Tina avait retiré sa plainte, après avoir encaissé trente mille euros sur son compte.

– Le prix du silence, je suppose. Je vous remercie de cette intervention et vous promets des efforts pour nos futures relations professionnelles.

– J'apprécie, commandant. Et si je vous crie dessus, n'y voyez là rien de personnel.

– C'était bien mon intention. Puis-je vous demander la raison de l'affectation de Domitille dans mon équipe ?

– Cela vous semblera étrange, mais je n'ai jamais facilité la venue de cette fille. Ma protégée s'appelle Adrienne et curieusement, elle a été affectée à Strasbourg à sa place. Je croyais que vous aviez usé de vos relations pour me court-circuiter.

– Comme c'est étrange ! songea Chanel.

34.
En orbite

« Mais le dénigrement de ceux que nous aimons toujours nous en détache quelque peu. Il ne faut pas toucher aux idoles : la dorure en reste aux mains. »

Pour leur rituel du dîner mensuel, qui interdisait toute annulation sauf en cas de mort subite, le Pr Legendre avait choisi L'Isolotto, une pizzeria de la rue Saint-André-des-Arts, l'unique coin de soleil italien convenable dans ce quartier inondé de pièges à touristes. L'inconvénient n'était pas culinaire : on y croisait trop souvent des collègues du 36 au déjeuner.

Chanel arriva avec trente minutes de retard et des excuses plein les yeux. Mlle Maigret avait craché toute sa rancœur contre l'appareil judiciaire et, pour ne pas passer pour un mufle, il avait opiné sans porter le moindre avis.

Au premier étage du restaurant, son ami sirotait son troisième Campari et dissimulait son impatience sous une salade de poulpes. Un antipasti copieux, des pâtes aux cèpes, un tiramisu et une bouteille de bardolino plus tard, les deux hommes évoquaient leur protégé.

– N'est-ce pas un peu fou de loger le môme ? dégaina Legendre. Je te rappelle ton obligation de réserve et la distance à observer avec le patient. Il s'agit d'un impératif dans la juste pratique et je m'étonne de te le rappeler !

– À situation exceptionnelle, réponse adéquate. C'était ça ou bien le perdre.

– Aucun regret ?

– S'il devait partir, il laisserait un vide difficile à combler. Et c'est un excellent musicien, du genre à mettre la mélodie en orbite. Que peux-tu me dire sur lui ?

– Le secret médical m'empêche de te répondre ouvertement, mais je pressens en lui une inquiétante fracture. Il disait souvent qu'il revivait chaque nuit la disparition d'une amie dont il ne se souvenait plus du nom.

– Tu as noté, dans la lettre qu'il m'a remise : « La disparition d'une amie a détérioré son aptitude à la bienveillance. » Ne peux-tu m'en dire un peu plus ?

Le professeur fixa son invité droit dans les yeux. Il se servit et fit tournoyer le vin dans son verre, comme pour chercher une réponse idéale.

– Vois-tu, cher ami, la psychologie, comme la philosophie, n'est pas une théorie, mais une activité intellectuelle. Lorsqu'une vie brisée vient à moi, je cherche les conséquences des actes potentiels à venir. Mon désir étant de protéger la société de la menace que représentent les déments.

– J'ajouterai que toutes nos lois scientifiques sont fondées sur le hasard, donc sur l'hypothèse d'un futur désordre absolu, que personne ne peut anticiper, à part le devin. Mais où veux-tu en venir, avec tes hypothèses de prudence ?

– L'intelligence de ce garçon est un bulldozer lancé à vive allure. Il est capable d'avoir plusieurs coups d'avance sur ses adversaires, comme tout bon paranoïaque qui se respecte. Il y a un autre paramètre bien plus inquiétant et je ne puis m'exprimer sans violer le secret médical.

– Que dirais-tu d'une gentille garde à vue musclée pour te faire cracher tes confidences sur le divan de la Crim ? plaisanta Chanel.

– Aurai-je droit à la caresse du fouet et au supplice de la chèvre qui lèche les doigts de pied ? reprit Legendre d'une voix voluptueuse.

– C'est justement notre spécialité ! On enduira tes orteils de fleur de sel et crois-moi, nous déclencherons ton fétichisme refoulé, et par le chatouillement, nous libérerons ta parole. Foi de Chanel, chef de la question !

Leurs rires traversèrent la salle vide.

– Crois-moi, pour te faire échapper à la torture du 36, je dois t'avertir que la sympathie de ce jeune homme pour l'humanité a irrémédiablement disparu. Il ne s'agit que de soupçons, qui n'engagent qu'un vieux fou englué dans son expérience de praticien, mais je te mets en garde.

Chanel rentra à une heure avancée de la nuit. Dans la cuisine, son couvert l'attendait et un sauté de veau Marengo était maintenu à température sur la plaque de cuisson. Le célibataire avait, depuis trop longtemps, oublié l'habitude de prévenir de son absence. Il imaginait aussi que cela n'avait aucune importance.

Un étage plus haut, Alain pleurait. De rage.

À 7 h 30, Domitille entra dans la section des empreintes palmaires. Jacques, un laborantin rencontré devant la machine à café, l'accueillit avec joie. L'avant-veille, le jeune homme avait été surpris de l'audace de cette charmante stagiaire aux cheveux courts qui l'avait accosté sans détour. Pour dissimuler sa timidité, il avait abordé sa spécialité au sein de la Crim et au Fichier national automatisé des empreintes génétiques. Dans un style fanfaronnant, il avait embelli sa mission et s'était vanté de travailler sur une application de lecteur biométrique pour un opérateur téléphonique.

Domitille avait cligné des yeux pour singer la bimbo prête à se donner sans condition. Avec un sourire magnifique, elle lui avait demandé un service, de la part de son commandant.

– Mademoiselle, la règle exige que vous remplissiez le formulaire *ad hoc* pour une demande de recherche palmaire. De quoi s'agit-il ? avait continué l'homme de science en lisant la déception de sa camarade de machine à café.

– Trois fois rien. Juste un gobelet, avec des empreintes. C'est un peu pressé et je suppose que le formulaire pourra attendre. Sinon, je sens que je vais passer un sale quart d'heure.

– Tous s'accordent à le dire, ce Chanel est un épouvantable tyran. Tiens ! On pourra même se passer de la paperasse, si je le décide. On se retrouve à la cafétéria et on en reparle avec mes premières constatations. Vous avez l'objet en question ?

La jeune femme avait pris un air ingénu, lui avait remis la pièce à conviction enfermée dans un sac plastique et s'était éclipsée en roulant ses étroites hanches.

Une idée avait germé au cours des dernières nuits agitées : s'il y avait quatre conspiratrices dans ce complot de femmes, ne pouvait-il pas exister d'autres employées battues et pleines de haine dans les parages ? « Domitille, vous chercherez parmi les ex-secrétaires », avait ordonné Chanel. Il était temps de répondre à cette légitime attente. Mais où chercher ? « L'URSSAF ! », s'écria-t-elle. Cette caisse salariale devait en effet avoir conservé trace des antécédents.

À l'heure du déjeuner, elle s'installa en face de Jacques. En se levant pour l'accueillir, le laborantin renversa son verre de vin dans un geste maladroit. Avec leurs serviettes, ils épongèrent la table ensemble, en riant. Domitille était pomponnée comme une starlette le jour d'une audition et le jeune homme paraissait désarmé devant cette fille qui posait un regard admiratif sur lui.

– J'ai votre homme dans nos fichiers, lança Jacques.

– Et quel nom avez-vous trouvé ?

– Alain Lannion. Il avait sollicité l'ambassade des États-Unis pour un visa touristique. Qui lui a été refusé à deux reprises. Motif : suspicion d'immigration possible.

La jeune femme semblait sonnée. Elle se leva et partit sans dire au revoir.

Alain était en réalité le frère de Tina Lannion, la fille qui s'était suicidée après avoir été rouée de coups par Fender. Pourquoi n'avait-il rien dit ? Le savait-il ou bien cela était-il un hasard ? Un détail avait mis la puce à l'oreille de la stagiaire. Chaque fois qu'une rencontre avec un témoin se présentait, Alain se défilait. Coïncidence, ou volonté de ne pas être reconnu ? À moins que ce ne soit de la paranoïa de sa part : elle faisait une fixation sur la présence possible d'une taupe au sein de l'équipe.

Après réflexion, elle comprit qu'Alain se trouvait lui aussi sur les lieux le jour du meurtre. Mais comment pouvait-il à la fois se tenir devant Chanel et commettre un assassinat ? Alors, pure coïncidence ?

Domitille ne trouva ni le sommeil ni la façon dont le crime avait été commis. Un vrai casse-tête.

35.
Fétichiste

« Emma ne dormait pas, elle faisait semblant d'être endormie ; et, tandis qu'il s'assoupissait à ses côtés, elle se réveillait en d'autres rêves. »

Chanel avait vu juste : Emma et son Anglais avaient filé en Suisse pour se mettre sous la protection des laboratoires Movarlis. Un douanier français avait interpellé au hasard un couple au comportement inhabituel et qui traversait à pied une discrète frontière donnant sur la ville de Saint-Louis. Dans une valise, l'agent avait trouvé la rondelette somme d'un million d'euros en billets de cent. Les avis de recherche avaient confirmé leur identité et ils avaient été transportés sans attendre au 36.

Le maître d'hôtel à la forte carrure opta pour un mutisme complet. Avec ses traits rudes, il éructait des « *no*, *no*, *no* » à chaque question. La trentenaire se tenait les bras croisés devant Chanel, et ses yeux qui se balançaient de gauche à droite confirmaient la défiance et le mensonge.

– Les charges qui pèsent contre vous sont sérieuses. Vous êtes accusés des meurtres de Me Fender et de ses deux secrétaires, bluffa le commandant.

– C'est n'importe quoi, votre salade. James et moi, on a juste piqué le fric du lécheur de pieds. D'ailleurs, on n'avait rien demandé, c'est

Fender qui a roulé son copain de fac. Nous, on a juste encaissé l'oseille sur sa demande, c'est donc un don manuel, comme qui dirait.

– Pourriez-vous décliner à nouveau vos nom, lieu de naissance et profession ?

– Shaittana Beladem, dite Mme Bovary pour les intimes, pute privée d'un fétichiste barjo décédé et tenancière d'un lupanar de luxe à Barbizon. Ben oui, y a que des couples qui viennent tirer leur coup chez moi. Rassurez-vous, que des gens mariés.

– Épargnez-nous les commentaires inutiles, s'il vous plaît. Connaissiez-vous les secrétaires de Me Fender ?

– Je n'ai jamais rencontré qui que ce soit dans l'entourage de ce sale type. Un mur, je vous dis. À part ses larbins antipathiques, j'ai vu que dalle. Dites, vous me rendrez mon pognon ? C'était un cadeau, hein !

– Le prénom de Yara vous évoque-t-il quelque chose ?

– J'en ai connu des tonnes, des Yara, dans mon bled.

– Elle était grande et chaussait du 46.

– Connais pas. Fender, c'était pas un causant. Il sortait juste sa queue de minable pour me l'étaler sur les pieds. Un malade, ce gars.

– James suivait Fender depuis des mois. Pourquoi ?

Shaittana éclata d'un rire diabolique :

– Un gars d'un labo est venu et l'a embauché pour le suivre. Vu l'argent qu'il proposait, on a dit *yes*. Mais sans conviction. En ce qui me concerne, je vous l'ai déjà dit : mon job consistait à mourir d'ennui en regardant le film de Jean Renoir sur Bovary et à me laisser chatouiller les panards. On est loin des crimes que vous m'envoyez à la figure. Baiser avec le premier venu, je sais faire. Tuer ? Ça jamais, c'est contre ma religion. Même pour du fric.

– Pourquoi êtes-vous partis précipitamment ?

– C'est évident, non ? Pour planquer le million. Je vous préviens que cet argent est à moi, et que j'exige qu'on me le rende, puisque c'est un cadeau de Fender, de son vivant. Rien ne peut s'opposer à ce qu'un homme offre son argent à une femme. Pas même vos lois de merde.

– Sauf que ce butin a été volé à un autre homme.

– Des preuves ! J'exige des preuves !

Le juge signa un mandat de dépôt et le couple fut incarcéré pour détournement de fonds. À l'évidence, ces deux-là n'avaient pas de mobile solide pour tuer les deux secrétaires. Et s'ils s'étaient trouvés dans l'entourage de Fender le jour du crime, ils ne seraient pas passés inaperçus.

De son côté, Alain poursuivait une théorie doublée d'une hypothèse qui n'obéissait qu'à une logique impossible à défendre. Fender était un collectionneur, un amoureux de l'histoire, un méticuleux, donc un homme à tiroirs multiples. Une personnalité à dossiers protège toujours ses arrières pour se justifier et admirer son propre génie. Cela ressemblait à une équation à résoudre, pour le jeune homme timide.

Il entra au 11 place Dauphine et grimpa jusqu'au premier étage sans toucher la rampe. Une bande rouge interdisait l'entrée du cabinet et la porte était sous scellés judiciaires. D'une main tremblante, il introduisit la clé subtilisée parmi les pièces à conviction. L'antre de Fender s'ouvrit. Alain y pénétra tout en enfilant une paire de gants en latex. Le bris de scellés sous main de justice dans le cadre d'un crime était sévèrement réprimé. Mais d'après un extrait du Code pénal, il « pouvait être justifié », avait-il lu. S'il avait sollicité le procureur de la République, ce dernier lui aurait ri au nez. En parler à François aurait attiré un train de questions pour lesquelles il ne disposait d'aucune réponse, à part son intuition.

Les lieux avaient été passés au peigne fin par des spécialistes. Aucun document compromettant n'avait fait surface, ni ici, ni – encore moins – dans son manoir ou dans le coffre de sa banque. Alain fit le tour des locaux pour sentir l'atmosphère et se mit dans la peau d'un avocat tordu qui se doit de protéger des documents accablants.

L'éventuelle cachette devait se trouver à portée de doigts, puisque l'occupant était rhumatisant.

Un meuble en acajou époque Napoléon III attira son attention. Le bureau à cylindre du XIXe possédait une fermeture à verrouillage automatique. La barre d'état sous le bois faisait couvercle avec le panneau principal. Dans les tiroirs, une série de serrures à clé bloquaient chaque caisson. Cela ressemblait à un Rubik's Cube version menuisier.

Chaque compartiment semblait avoir été soigneusement visité par le service technique.

Il photographia le meuble sous toutes ses coutures et appela le service d'expertise de l'hôtel Drouot. L'hôtesse le renvoya vers un commissaire-priseur à la voix de crooner :

– Que puis-je pour vous ?

– J'ai face à moi un remarquable meuble ayant appartenu à une grand-tante décédée il y a peu et j'aimerais connaître sa valeur.

Son correspondant accepta de recevoir des photos par SMS. Cinq minutes plus tard, l'expert le rappela en lui confirmant qu'il s'agissait d'un bijou en marqueterie Boulle, signé Krieger ou Sormani, et qu'il avait des clients férus de ce genre d'articles rarissimes. Pour confirmer l'astuce typique de ce bureau « à secrets », l'expert en art lui demanda de tourner le pied droit dans le sens des aiguilles d'une montre et de débloquer en même temps la clé de gauche. Alain s'exécuta. Un tiroir dérobé se décoinça sur le côté. À l'intérieur, un épais dossier bleu tapissait la trappe soustraite aux curieux. Alain raccrocha. Il souriait.

36.
L'ami de toujours

« Et il ne pouvait que répéter ce mot : "Empoisonnée ! empoisonnée !" »

Chanel avait une fois encore réuni son équipe. La divisionnaire s'était invitée en prenant place dans le fond. Elle semblait sur les nerfs.

– Qu'avons-nous de nouveau ? J'écoute ! Votre enquête piétine, commandant, et le préfet s'impatiente. Je vous demande de me sortir un indice de votre chapeau, ou bien je serai contrainte de vous retirer cette affaire qui tire en longueur. Deux jours ! Vous avez deux jours ! vociféra la supérieure en cognant son stylo sur la tablette.

Chanel respira profondément et résuma avec calme l'avancée de ses recherches. Alain leva la main et sollicita la parole :

– J'ai de nouveaux documents à verser à cette affaire.

L'équipe se regarda.

– Je suis entré dans le cabinet de Fender place Dauphine et j'ai trouvé un tiroir secret dans son bureau. À l'intérieur, il y avait cet épais dossier. Je suis venu tout de suite vous le remettre. La solution ne peut se trouver que dans ces feuilles.

Mlle Maigret se leva et hurla :

– Si j'ai bien compris, vous avez pénétré une zone de crime sous scellés judiciaires, c'est bien cela ? N'avez-vous pas vu le ruban fixé au moyen de cachets de cire apposés sur la porte pour en empêcher l'ouverture ? Et enfin, saviez-vous qu'en cas de rupture de ces scellés, vous vous exposiez à des poursuites pénales ?

– Oui, madame. Toutefois, à la lueur des preuves que j'apporte, je sais que vous saurez me pardonner.

– Rappelez-moi votre nom, lieutenant… ?

– Alain. Désolé, je ne connais pas encore mon nom de famille. Mais je serai prochainement enregistré comme indicateur dans vos services. Cela ne me donne-t-il pas un peu le droit d'enquêter ?

La divisionnaire écarquilla les yeux et hurla. Chanel enchaîna :

– Je confirme que dans cette enquête, Alain est notre principal informateur professionnel immatriculé dans nos fichiers, et qu'il dépend du Bureau central des sources. La découverte de ces documents est capitale, et je suis tout disposé à assumer cette démarche. Madame, puis-je compter sur votre aide pour couvrir ce manquement à la règle ?

La divisionnaire tapa du poing sur le bureau et sortit en claquant violemment la porte.

– Alain, reprit Chanel. Ce genre d'initiative doit être pris collégialement et avec l'assentiment du procureur. Donc, là, je suis très mécontent. En revanche, bravo pour ce nouveau souffle dans notre enquête. Mettons-nous au travail.

Le dossier attestait principalement de la volonté d'assassiner Tanneur. Du coupon de billet d'avion vers le Tibet aux virements sur le compte à Hong Kong d'une société d'import-export, tout prouvait que le crime avait été orchestré à la seconde près par l'intermédiaire d'une mafia locale. La paranoïa de Fender pour l'argent caché avait été poussée dans ses extrêmes, et ils ne dénombrèrent pas moins de quinze comptes bancaires éparpillés dans huit pays différents. Total de ces avoirs : vingt et un millions d'euros dissimulés au fisc. Malgré cet honorable pactole personnel, l'« ami de toujours » avait jeté son dévolu sur les deux millions de Tanneur.

Le plus surprenant fut de trouver les originaux des plaintes des secrétaires de Fender, dont celle de Tina. Les photos réalisées par le médecin qui avait reçu la jeune fille étaient effrayantes. Côtes cassées, corps couvert d'ecchymoses, cheveux arrachés et bras fracturé. Un passage à tabac dans les règles de l'art. La plainte révélait aussi qu'elle avait été enfermée dans le coffre de la Jaguar. Ce qui expliquait les empreintes digitales inconnues retrouvées par le service technique.

Alain était blanc comme un linge au soleil. Soudain, il parvint à s'exprimer :

– Cette fille, c'est ma sœur, dit-il. Tina Lannion, répéta-t-il quatre fois en insistant sur le nom de famille.

Dans le compte rendu, une certaine Marlène attestait que sa fille avait été battue à mort par son employeur, puis traînée jusqu'au coffre de la berline bleue. Alain mémorisa l'adresse donnée lors de cette déposition. Domitille recensa douze plaintes déposées par les ex-secrétaires de Fender. Toutes avaient été violentées. Au vu des sommes alignées sur un Post-it représentant les soldes des comptes des victimes, on pouvait comprendre que Fender dédommageait largement ces dernières.

Curieusement, aucune requête n'avait été enregistrée au bureau du procureur. Un complice au sein du tribunal devrait prochainement s'expliquer. Le lieutenant Lehr aligna les douze plaintes et nota les noms des plaignantes sur le tableau blanc.

Alain se leva, attrapa un feutre rouge et souligna un nom : Assiatou Dembélé.

– Nom de Dieu ! cria Chanel en levant les poings en l'air.

Dos Bastos chercha une adresse dans ses fiches, Domitille enfila une veste, Devaux décrocha son téléphone pour une demande de mise en examen et Poivre glissa son arme de service dans son fourreau.

Tous savaient.

37.

Le pays des hommes intègres

> *« Le lendemain fut, pour Emma, une journée funèbre. Tout lui parut enveloppé par une atmosphère noire qui flottait confusément sur l'extérieur des choses, et le chagrin s'engouffrait dans son âme avec des hurlements doux, comme fait le vent d'hiver dans les châteaux abandonnés. »*

Jusqu'au dernier jour avant son départ en retraite, Zéphirin Dembélé avait été ponctuel, par respect pour l'équipe de nuit. Prendre en considération l'autre était sa plus belle vertu. Chaque dimanche, il se rendait dans son église antoiniste et récitait ses prières en s'adressant à Dieu et aux saints. Quarante-trois ans à surveiller un sous-sol de voitures luxueuses, ce n'est pas rien. On ne remarque jamais un vigile. C'est l'homme de l'ombre par excellence, le gars de la sécurité indispensable lors d'une agression, celui qui vous sauvera la vie ou vous rendra service en cas de besoin. Aucun prestige n'est associé à ce travail ingrat, et personne ne connaissait son prénom.

Pour son dernier jour, ses deux collègues avaient préparé un buffet avec un pack de jus d'orange, trois gobelets en plastique blanc et un paquet de chips premier prix. Le chef de service s'était excusé par SMS et un chèque-cadeau d'une valeur de quatre-vingts euros lui était parvenu dans son casier de correspondance.

En son temps, Zéphirin avait été la fierté de son village près de Gaoua, dans le sud du Burkina Faso, une terre chaude et abandonnée. Remporter la bourse des collèges équivalait à recevoir une médaille olympique, dans ce désert où l'eau ne coulait qu'à un kilomètre et où le mot faim revenait plusieurs fois par jour sur les lèvres des enfants. Ce grand garçon au regard franc jouait avec les mathématiques, et les sports d'endurance coulaient dans ses veines. D'après les anciens, ce jeune espoir ferait l'orgueil de l'Afrique. Le vieux sorcier lui avait même prédit un avenir politique, voire une renommée régionale.

Pour que ce destin s'opère, les cent quarante-deux adultes se cotisèrent pour envoyer leur unique élite conquérir l'Europe et le monde. Avec son intelligence exceptionnelle, leur porte-drapeau reviendrait auréolé comme un prince et comblerait les attentes de cet investissement collégial. Le porteur d'espoir partit à pied, fêté sur plusieurs kilomètres. Il était gonflé à bloc et des ailes poussaient sur ses talons d'athlète.

Dans son sac, les femmes avaient déposé leur réserve en priant qu'à l'automne prochain, il reviendrait chargé d'or et de victuailles à la tête d'une colonne sans fin de chameaux couverts de broderies d'or. À chaque étape, Zéphirin rejoignait une parenté. C'est ainsi qu'il côtoya les Peuls, les Dogons, les Mossis et les Bobos. Ces hommes du « pays des hommes intègres » l'encouragèrent et lui portèrent assistance, le cœur sur la main.

À vol d'oiseau, il devait parcourir plus de cinq mille kilomètres. Il échappa aux brigands, travailla dans les champs de tomates espagnols et arriva en tongs à Paris fin octobre, après avoir échappé de justesse à tous les contrôles de police. Quarante jours de voyage avec la peur au ventre, mais l'étincelle au fond des yeux était intacte.

Au 48 rue de Belleville, une famille burkinabée accueillit le héros en fanfare. L'argent du village était bien arrivé à la poste et il était inscrit à la faculté de mathématiques. On lui trouva une chambre de bonne, son réfrigérateur bien garni par un relais de femmes, et on lui remit tout le matériel nécessaire pour qu'il représente les hommes intègres sans honte ni reproches.

La première heure de cours constitua une énigme. On était très loin de Pythagore et de Thalès. Les équations insolubles et les différentiels restèrent un mystère, malgré le renfort de quelques camarades bienveillants. Au bout d'une année de cours, il comprit que le niveau demandé dépassait largement ses compétences lorsque les étudiants abordèrent la conjecture de Hodge. Un professeur lui demanda gentiment de se réorienter vers un métier manuel ou des études moins exigeantes.

Sans papiers, il trima sur des chantiers clandestins, dans des cuisines en sous-sol et dans le textile, dans le quartier du Sentier. François Mitterrand accéda au pouvoir et procéda à une régularisation massive d'étrangers en situation irrégulière. Une chance incroyable pour des milliers de gens qui sortirent soudain de leur condition d'esclave. Il obtint son premier titre de séjour pour dix ans.

Est-il bien utile de préciser que la moitié de son salaire partait chaque mois au village qui avait mis en lui sa confiance ? Il se saigna et constitua une association pour acheter là-bas des tracteurs, creuser des puits et ouvrir une école. Le sorcier avait vu juste. Le jeune garçon au regard franc était l'homme le plus connu de cette région du monde.

Dix ans après avoir quitté son pays, il y revint, célébré par une population reconnaissante. Une veuve peule se présenta devant lui les paumes ouvertes. Elle cherchait un mari. Par la suite, à chaque retour au pays, un enfant venait au monde. Ils eurent six garçons et une fille, Assiatou.

À dix-sept ans, celle-ci décida de venir vivre avec lui à Paris. Elle s'étonna que son père, le grand héros du Burkina, réside dans une minuscule chambre insalubre. Sans un mot de reproche, elle s'installa dans un recoin et s'inscrivit en droit, à la fac Tolbiac. Une bourse lui fut attribuée et elle dénicha un logement universitaire. Avec un père proche des grands ténors de Paris, elle escomptait trouver facilement un stage de fin d'études.

Alors que Zéphirin astiquait la voiture de Me Fender, il osa lui demander la faveur d'accueillir sa fille, doctorante en droit des affaires. Les courbes affolantes de cette panthère africaine firent le reste. L'innocente eut droit aux avances habituelles et au cérémonial des pieds. En cas de refus, l'avocat agirait pour que son père perde son emploi au sein du parking, dont il était actionnaire depuis des années. Le chantage fonctionna et la jeune femme serra les dents durant deux ans.

Un soir, elle se confia à son père. Le lendemain, elle repartait au Burkina. Sans son doctorat, écœurée de la vie, et sur les conseils de son père, elle retourna dans son village au Burkina et on n'entendit plus jamais parler d'elle. Qu'aurait été sa carrière si ce pervers l'avait épargnée ?

Demain, Zéphirin rejoindrait sa famille et il ne remettrait plus jamais les pieds en France. Grâce à son association, des vergers étaient sortis du désert, l'artisanat se constituait, des panneaux voltaïques offraient quelques heures de lumière supplémentaires le soir et une antenne-relais autorisait l'accès à Internet. Il y avait tant de chantiers à ouvrir et le vieux maire du village souhaitait le voir reprendre les rênes de la commune et l'emmener vers l'avenir. La prochaine étape serait de lancer un programme éolien, grâce au financement de la Banque mondiale. L'emploi suivrait. Le porteur d'espoir tiendrait ses promesses.

Ses bagages étaient rassemblés dans l'entrée. Dans trois heures, il prendrait son dernier vol, seul puisque personne n'était venu le chercher. Un aller simple, en toute impunité.

On sonna à la porte. Il sut. Quatre agents de police se présentèrent. Zéphirin les suivit la tête haute. Presque soulagé.

38.
Parking 1059

« Il la questionna ; [Emma] ne répondit pas. Elle se tenait immobile, de peur que la moindre émotion ne la fît vomir. Cependant, elle sentait un froid de glace qui lui montait des pieds jusqu'au cœur.

– Ah ! voilà que ça commence ! murmura-t-elle. »

– Je vous rappelle, monsieur, que nous sommes filmés. Tout ce que vous direz pourra être retenu contre vous, formula Chanel. La loi vous autorise à obtenir l'assistance d'un avocat, option que vous avez refusée. Pourriez-vous nous donner vos nom, prénom, âge, nationalité et profession, s'il vous plaît ?

– Les avocats ont fait assez de mal à notre famille. Je m'appelle Zéphirin Dembélé, soixante-trois ans, vigile à la retraite et fier de ma nationalité burkinabée.

– Vous vous apprêtiez à quitter le territoire français, je crois ?

– Il y a deux mois, j'ai acheté ces billets pour un retour définitif au pays. Je sais aussi que je vais rater cet avion.

– Parlez-nous de votre fille, Assiatou ?

– J'avais mis beaucoup d'espoir en elle. Mais le destin parfois se fait contrariant.

– Vous voulez parler de son stage chez Me Fender pour valider son doctorat ?

– Ma fille était à deux doigts de parachever son manuscrit de thèse. Me Fender a eu la gentillesse de l'embaucher pour traiter de dossiers en lien avec ses travaux. Pour un homme de rien comme moi, cela représentait le Graal d'avoir une enfant qui réussissait là où j'avais échoué. Mais cela ne s'est pas déroulé comme prévu. Cet homme était un malfaisant.

Chanel regarda l'homme qui, durant presque un demi-siècle, avait travaillé à la lumière des néons. Il était grand, ses mains fines et longues comme celles d'un pianiste. Des rides s'éparpillaient sans contrôle sur son visage fatigué de vivre et sur ses tempes, de fins cheveux couleur sel couraient. Ses traits réfléchissaient la bonté, qui lui donnait des airs d'apôtre. Mais l'étincelle du porteur d'espoir d'un peuple était éteinte depuis trop longtemps. Toutefois, le but était atteint, puisqu'il avait agi envers ses semblables comme un frère.

Chanel tapa avec bienveillance sur l'épaule de son suspect et s'installa face à lui en s'avançant, les paumes vers le haut. Ne sentant aucune résistance, il tenta sa chance.

– Nous savons ce qui s'est passé dans le parking ce soir-là. Croyez que, personnellement, je comprends votre geste inconsidéré. N'importe qui aurait été tenté de venger sa fille. Il y a dans votre attitude une logique morale, et un jury saura retenir sa sanction face aux nombreux crimes de Me Fender. Si nous avions à condamner, cet homme sans foi ni loi serait au banc des accusés.

– Il a sali ma fille, j'avais tant confiance en lui. Un avocat à la Cour de cassation était pour moi comme un envoyé de Dieu. Je l'ai détesté de toutes mes forces.

Des larmes coulaient sur ses joues creuses.

– Pourriez-vous me dire comment les choses se sont précisément déroulées sur cette place de parking 1059 ?

Zéphirin leva les yeux au ciel, signe qu'il dirait la vérité.

– Sur mes écrans, j'ai vu une grande femme entrer dans la voiture. J'ai pensé qu'elle cherchait à voler et j'ai été content qu'elle le fasse. Que le Seigneur me pardonne. Curieusement, elle n'est pas ressortie. Lorsque Fender a ouvert la portière et s'est installé, j'ai, à un certain moment, eu l'envie d'intervenir. Mais après ce qu'il avait fait à ma fille, j'ai détourné mon regard. *Adviendra ce que le Christ décidera*, me suis-je dit. Au volant du véhicule de luxe, elle est repartie avec ce diable. J'ai prié pour qu'elle le réduise au silence, parce que chaque jour, j'étais tenté de le faire.

– Je comprends. Et après ?

– Le lendemain, alors que je reprenais mon service, j'ai vu la Jaguar revenir et s'installer à sa place. La femme est sortie, seule. Imaginez mon étonnement. J'ai mis l'écran gauche sur pause.

– Cela a échappé à la vigilance de notre équipe qui a visionné plusieurs fois ces vidéos, rétorqua Chanel. Continuez, je vous prie…

– Je suis venu voir à travers la vitre du véhicule. Avec ses doigts ensanglantés, Fender a ouvert la porte. Il tremblait et on lisait la haine sur sa bouche déformée. Lorsqu'il m'a vu, il m'a injurié et traité de sale…

Zéphirin semblait revivre la scène.

– De sale nègre ! « Dépêche-toi d'appeler les secours, m'a-t-il dit. Ne me regarde pas comme ça, parce que je sais ce que tu penses. Oui, j'ai baisé ta fille et elle a aimé ça. Oui, elle aimait se prendre pour une comtesse, cette chienne. Allez, va chercher quelqu'un. Et surtout, ne me regarde plus jamais comme ça ou je te fais virer de ton boulot, sale chien d'immigré ! » Cet homme était le diable et il avait entravé la destinée de dizaines de personnes.

Fender avait continué à insulter sa fille. Le vieux vigile si obéissant, si respectueux des lois, avait fouillé dans sa poche et trouvé le sac plastique dans lequel il transportait sa gamelle. Pour que cessent les injures, il l'avait enfoncé sur la tête du monstre. En larmes et dans une prière, il avait serré sur l'encolure de la bête. Lorsque la respiration avait cessé, Zéphirin avait retiré le plastique.

De retour dans son bureau, il avait dégagé la touche pause de la vidéosurveillance et repris son quotidien. Trente minutes plus tard, alors qu'il se régalait d'une purée de mil et de beignets de haricots préparés la veille, un homme affolé lui avait demandé de monter la garde devant le véhicule. Ce qu'il avait fait. La police l'avait à peine interrogé. Aucun soupçon n'avait pesé sur lui.

Chanel fit signe à Devaux d'arrêter de filmer. Il posa une fois encore sa main sur l'épaule du vigile.

– Monsieur Dembélé, la préméditation ne pourra être retenue contre vous. Croyez que j'intercéderai en votre faveur.

– Il avait sali ma fille, monsieur. Je voulais juste qu'il se taise. Pas le tuer. J'ai perdu la raison. Dieu m'en est témoin.

Épilogue

Alain sortit à la station Robinson, ligne B du RER. Le Plessis était une ville accueillante. Il ne se souvenait pas d'y avoir vécu. Pourtant, son enfance s'était déroulée dans ces rues à l'esprit de village. Il longea une allée de pavillons et s'arrêta au numéro 21. La maison était en pierre meulière et le portail en ferronnerie d'art. Sous l'interphone : « Marlène Lannion ». Il sonna. Une petite dame replète aux cheveux frisés et blanchis par le chagrin lui ouvrit la porte. La surprise passée, elle enlaça son fils disparu. Alain resta les bras ballants. Il ne la reconnaissait pas. Il expliqua sa disparition, son accident, son trou de mémoire et évoqua sa fonction nouvelle. Ils passèrent l'après-midi à tourner les pages du passé dans les albums de la famille. Il n'eut pas le courage de lui révéler les raisons du suicide de Tina et l'assassinat de Fender.

Le Bureau central des sources, le fameux service des indics, lui adressa un courrier confirmant son statut d'informateur professionnel immatriculé sous le périmètre de la loi Perben II. Le commissaire Talion l'invitait à prendre contact afin de convenir d'un accord financier pour avoir ramené dans les caisses de l'État l'intégralité des avoirs de Me Nicolas Fender.

Du jour au lendemain, Domitille fut mutée à Nantes. L'administration centrale lui avait attribué ce stage au 36 par erreur. La nouvelle stagiaire, protégée de Mlle Maigret, ne donna pas satisfaction à l'équipe Cha. Trop molle, trop lente. Pas assez Domitille.

La sécurité de l'école Yabné fut renforcée. Pour leur acte de bravoure, les élèves qui avaient affronté avec courage la kamikaze furent invités au Noël de l'Élysée par le président de la République.

Le laboratoire Movarlis inaugura sa fondation et son P-DG tripla son salaire. À l'âge de quarante-quatre ans, Jean-Michel Nickler n'avait plus besoin de travailler, grâce à une confortable rente versée pour son silence.

Le jury de la cour d'assises ne retint pas la préméditation dans le meurtre commis par Zéphirin Dembélé. Au vu du contexte et de la personnalité de l'accusé, les circonstances atténuantes furent admises. Pour honorer la mémoire d'un confrère disparu tragiquement et parce que Nicolas Fender avait été de sa promotion, l'avocat général réclama trente ans de réclusion à perpétuité pour homicide volontaire au premier degré. Le jury ne retint que le second degré, violences ayant entraîné la mort sans l'intention de la donner, soit cinq ans d'emprisonnement, dont trois avec sursis.

Le ministère public ayant interjeté appel, Zéphirin reste en attente du nouveau verdict. La peine plancher ayant été supprimée le 15 août 2014, tout est envisageable.

Pour les habitants du village de Gaoua, dans le sud du Burkina Faso, une terre brûlante et reculée, Zéphirin reste la fierté de ce désert. Le grand garçon au regard franc doué en mathématiques et dans les sports d'endurance a abattu un enfant du diable.

D'après le vieux sorcier, ce jeune espoir fait toujours l'orgueil de l'Afrique et son avenir politique de renommée régionale débutera bientôt. C'est écrit. Noir sur blanc.

Chanel attend toujours l'arrêté préfectoral de mise en péril prescrivant la démolition de son hôtel très particulier.

M+ éditions
5, place Puvis de Chavannes
69006 Lyon
mpluseditions.fr

Achevé d'imprimer en mai 2022 par ISIPrint
Numéro d'impression : 164578

Imprimé en France

PEFC 10-31-2581 / Certifié PEFC / pefc-france.org

IMPRIM'VERT®